You're only young once

来不及年轻就老了

悟澹 / 著

SP 南方出版传媒 广东人民出版社
· 广州 ·

图书在版编目（CIP）数据

来不及年轻就老了 / 悟澹著. — 广州：广东人民出版社，2019.10

ISBN 978-7-218-11382-1

Ⅰ. ①来… Ⅱ. ①悟… Ⅲ. ①散文集—中国—当代 Ⅳ. ①I267

中国版本图书馆CIP数据核字（2016）第272548号

LAIBUJI NIANQING JIU LAOLE
来不及年轻就老了
悟澹 著

版权所有 翻印必究

出 版 人：肖风华

责任编辑：余正平　　马妮璐
责任技编：周　杰　　易志华
装帧设计：沝　玖

出版发行：广东人民出版社
地　　址：广东省广州市海珠区新港西路204号2号楼（邮编：510300）
电　　话：（020）85716809（总编室）
传　　真：（020）85716872
网　　址：http://www.gdpph.com
印　　刷：北京博海升彩色印刷有限公司
开　　本：787mm×1092mm　1/16
印　　张：13　　字　　数：195千
版　　次：2019年10月第1版　2019年10月第1次印刷
定　　价：49.80元

如发现印装质量问题，影响阅读，请与出版社（020-85716808）联系调换。
售书热线：（020）85716826

旧城市每天都会有新灯光,

而你,

是否与这座城市有着新故事,

是否在别人的文字中看到自己的模样?

目 录

You're Only Young Once

Chapter One
后现代的时代

后现代母亲 ———— 2
羞于语言的苍白 ———— 8
观音坠 ———— 11
挂在墙上的人 ———— 16
老了，小了 ———— 21

Con-
tents

You're Only Young Once

Chapter Two
旧城市的新灯光

此身和此心的
一门学问 ———— 29
书店的灯光亮了 ———— 36
老人与茶 ———— 59
我害怕在一座
城市中生锈 ———— 62

Chapter Three
这里是我们在逆行

分水岭 ———— 72
委婉的你我 ———— 76
一辈子瞎着过才长久 ———— 81
试探 ———— 86
边缘化 ———— 91
人心一样平 ———— 97
早晚遇见 ———— 101
无有恐怖 ———— 107
不同的标签 ———— 113
逆向 ———— 118
该转弯了 ———— 122
请站起来小便 ———— 126

目 录

Chapter Four
代价的信仰

你我的妥协 ———— 134
老妈的关心 ———— 139
远方的方向 ———— 143
那些握拳头的岁月 ———— 150

Chapter Five
素直的空间关系

味的道 ———— 158
过往食味 ———— 160
你迟了 ———— 167
意愿和愿意 ———— 174
闯入 ———— 177
想你的时候很美味 ———— 183
熟悉的情怀 ———— 188

如果把母亲定位为一个时代,这将是一个无穷无尽的值得探讨的话题。我们试图以各个渠道展现她们的时候,却发现,这么多年走来,母亲和你永远都是处于两头,在感情上,或许你和母亲是正负极的吸铁石,能够相互依持,但是在社会的潮流中,却是同极的吸铁石,相互排斥,不管你俩多么努力地靠在一起,她的精力和心力,永远与你在这个社会拼搏的体力背道而驰。在后现代的时代,你与母亲处于一种轮回的状态,她曾经对你的熏陶,在若干年以后,变成了你对她的嘱咐;她对你的栽培,嫁接到当下成为你对她描绘新时代的变化。时代的产物不断地变更着,而你和她的沟通方式在万变之中保持不变。

You're
Only Young
Once

●

CHAPTER
ONE

后现代的
时代

后现代母亲 / 羞于语言的苍白 / 观音坠 / 挂在墙上的人 / 老了，小了

后现代母亲

不知道从什么时候开始,对于一部分人而言,问他们的年龄是一件非常不礼貌的事情。可能是对这一问题太过于关注的原因,以至于出去办讲座,听到小朋友叫我"叔叔",顿时脸上会有一股火辣辣的热。每当此时,我都会不可思议地看着小朋友,好想问一句:"小朋友,我老吗?"

或许这句话用母亲的话来说:"都这么大了,还跟小孩子似的信马由缰!"其实母亲所表达出的"都这么大了"和我问小朋友"我老吗",是同一个性质。成长是不等人的,还没准备好,曾经就已经远去。

最近,在出版社签约合同的时候,社里的编辑老师也约了另外两位和我年龄相仿的作者。晚饭期间,一位作者冷不防地说出一句:"人过了二十五,就觉得各方面不行了!"霎时听到这句话,嘴里的米饭险些把我噎住,这使我想起曾经有一位作者给我来稿,标题为《二十五岁的中年危机》,看到这个标题,我看也不看便把这"危言耸听"的文章给屏蔽了。其实我是在屏蔽我的现实状况。

一边想在母亲面前耍着小孩子的惰性,希求能够得到她的关怀,一边还想在别人面前表现出自己工作有多么稳定,日子过得有多么滋润。这是大多数人共有的经历。年龄终究在日复一日之中露出了马脚,容不得你装嫩或者故作成熟。有时候,你在朋友圈发了一条词不达意的动态,无非言不由衷地想宣泄对周遭的不满,母亲见到后会立马给你打电话,对你的现状问个子丑寅卯。这时候你才反应过来,你忘了屏蔽她,以至于她拿出了一套不知道从哪里看到的心灵鸡汤,跟你说个没完没了。当她问你缺不缺钱的时候,你知道自己的年龄和自尊早已不适合向母亲伸手要钱了，便只能像伞一样硬撑着，回了母亲一句："我还有钱！"

如果问母亲是什么时候衰老的，便要问自己是从什么时候开始对母亲难以启齿的。你对自己的现状羞于向她表达，你在她面前描述自己的理想和设想而显得语言苍白，这个时候，母亲老了。你在这个城市，逐步开始独立奋斗，每天接触不同的人和事，新鲜早已谈不上。在这个审美疲劳的当下，每天能保持精力充沛和斗志满满，已然是一件非常欣慰的事情。而母亲，对你的关心像极了她对广场舞的热情，以至于经年累月风雨无阻。

母亲的老有时候来得有点突然，就像你有很多事情还没有准备好，便要面临更多的事情，然而每次的精心准备，面临的收获和结果都不尽如人意。晃晃荡荡的几年过去了，自己从青年步入了中青年，发现独立没两年，自己的眼光和见识已与母亲处于两极分化的状态，从各个方面，你开始发现自己不了解母亲了。

仔细想想，母亲所追求的东西几乎没有成为潮流就已经过时了。那时候，我们拿着母亲的按键手机玩着贪吃蛇，后来便有了 MP3 和 MP4；再后来，层出不穷的年轻产物都会在恰当的年龄阶段，成为我们膜拜的对象，也成了母亲杜绝的对象。母亲在你成长的路上，扮演的角色掺杂在你的情绪里，就像是你期盼的雪融化了，你希望的绿意同时也出现了。期盼和希望不能兼得的时候，你必须要舍弃一样，坚持一样。不管是哪头，当你有资格选择的时候，母亲这个词就像是从现代变成了后现代，她和你永远都是相对而行的，如同数学应用题上求两人相对的速度，你和母亲相对的速度就是岁月流逝的速度。

母亲终究是老了，她的老是属于后现代。那时候你懵懂无知，是她在教你探索这个新世界；那时候你不谙人情世故，是她在教你如何做人。而今却不一样了，面对社交软件，你教她如何应用，你告诉她什么是谣言，什么是不可转发的消息，但她总是理解不了，她刷屏式地在朋友圈转发养生大全和各类谣言，这个时候你忽然明白，她的不懂得就像你那时候的未开蒙，怎么教也教不会。

曾经母亲跟你讲未来与前景，逐渐这些话题远去了。远方再陌生，对于母亲而言，她对你的要求永远和别人不一样。在思想独立和经济独立都希望同时拥有的当下，母亲忽然如晚春的风一般温柔，她会再三提醒你："注意身体，注意身体，注意身体！"她转发社会谣言到微信朋友圈的时候，同时也私信发给你了，并且再三叮嘱你："注意安全，注意安全，注意安全！"

步入到当下变化莫测的时代，母亲就像当年常常犯错的你一样，相信产品的推销，不相信你合理合法的分析；相信某理财产品能快速见到收益，不相信你十几年学习积累下的理财经验。你的反对终究抵不过理财收益的诱惑，她试图和你玩猫和老鼠的游戏，就像你当年躲猫猫做坏事一样，母亲把属于自己口袋的东西拱手相让给陌生人。

那时候的六一儿童节，母亲希望你能站在学校的舞台上进行表演，看着你的优秀，她洋溢在脸上的笑容如同朝阳一样，极其鲜明且富有生命力。然而某社区搞联谊活动，你是多么不愿意观赏她那夕阳红艺术表演，看着她在舞台上反射着如同夕阳余晖的光芒，你感觉她所追求的潮流如同她此生所经历的一样，在你的眼中还没成为潮流就已经过时了！

你与母亲的此生，都是在逆行。她认为高大上的东西，在你眼里或许没有了生活态度，她一遍遍用相机美颜过滤自己脸上的皱纹，你认为有点过了，但是对她而言，比起年轻时期泛黄掉色的照片，简直是差远了。看着那个时代的马尾辫，一身乡土打扮的母亲，即便是现在老了，精气神都比二十年前照片中的她好很多。你哪里懂得母亲年轻时候的单纯与清纯？那个时候，人们追求的事物单纯到千篇一律，追求的人生清纯到毫无目的，甚至她们的追求是狂热与理性共存。我们不懂她们那个年代的单纯，就如同母亲不懂我们这个时代的纷杂。你与母亲在两极分化的过程中，也曾希求能够融为一体，可最后你才发现，你逐渐奔向了她们的时代，而她正在往你曾经的时代退化。

后现代的母亲，如同当年的你一样，都需要一个良好且有耐心的启蒙与熏陶。小时候的你因为她的管制而失去了自由；如今的她因为社会，而失去掏心掏肺交往外界的自由。你跟母亲之间，在岁月的面前，要么你是笼子她是鸟儿，要么她是笼子你是鸟儿，总之你们互相牵绊，不管相距多远，都永远一脉相连。

不管是现代还是后现代，也无论社会如何变迁，我们的交往方式发生了怎样翻天覆地的变化，但她是你的母亲这件事，永远都是板上钉钉的事实。即便这个钉子会随着社会的熏陶而生锈，但锈本身就是钉子的一部分，就像她把你视为板子一样，母亲把她的全部都钉进了你这个板子之中！

You're Only Young Once

三十年前的照片,
带有胶片的味道,
那时候的潮流是朴素的美,
美到了返璞归真!

Chapter One

7

如果把照片当成一个小孩来看，
以前的照片，
是单纯到诚实；
现在的照片，
是清晰到失真。

摄影 / 马红

羞于语言的苍白

总以为自己还很年轻，可以不用停步，做起事儿来一股劲儿地向前冲，精力如同海绵里的水，随时挤随时都有。正是因为长期处于透支的状态，身体抗议了，几经折腾，医院查出我得了社区获得性肺炎，这个闻所未闻的病例，听起来都让人毛骨悚然。

之所以病得这么厉害，是因为发了近一周的高烧，我在家拖了六天。但是这不是主要的原因。只有我自己知道，一如大家的工作压力那般，我手头上主编的两本杂志，把我压得喘不过气儿来，这才是导致我生病的根本原因。

"人有时候就是属骆驼的，只有病了，强大的内心才会慢慢卸掉坚强的面具。"住院这几天，竟这样嘲笑自己，还打趣十二生肖没有骆驼太可惜了。或许只有病了，心中的棱角和傲气才会跟着平坦；也只有停下来了，才看得到周围一切的平静，归结起来，一切源于自己的心静了！所以，执着的众生都是属骆驼的。

在医院一周的输液，让我一见针头就害怕。尽管手上已经看到了很多小针孔的红点，但是我相信这是见证我康复的痕迹。

我也忘了，是第几个住院的晌午，睡意蒙眬中，我隐约地醒来了。这是缘于一声呼唤："乖，宝宝听话了，张开嘴，我喂你吃饭啊！"

接着又传来了一声："乖！"

在炎夏的晌午,病房无比的安静,微微睁开眼,除了陪床的朋友,进入我视线的是006床头的一对老夫妇。前两天寒暄的时候得知,老婆婆八十岁有余,老公公已经九十好几,老婆婆在医院陪老伴儿已经大半年了,不离不弃。

记得第一次见到这两位老人家的时候,除了他们衰老的皮肤和我的不同,我当时的那种虚弱病态倒和他们的苍老羸弱没有什么区别。我不敢和两位老人家说话,因为他们的沧桑和老态,让我心中产生了对生命不可控的畏惧。尽管我知道总有一天自己也会面对衰老的现实,但此刻的我依旧不忍直视。

我在病房的几天,言语不多,但并不妨碍老婆婆对我的热情,正是因为这样的反差,让我开始关注老婆婆对待老伴的一举一动。

在这样的一个晌午,老婆婆阵阵的呼唤声,如同药物对我起到了疗效一般,让我忽然不再畏惧衰老。如果这种腻歪的爱称出自年轻情侣的嘴中,或许我不会有丝毫的在意,但是在这对老夫妇的交流中,我的血液一阵阵地泛着热流。

人老了,内心应该心如止水了吧,爱相对而言已经平复了吧!这是我当下的第一个念头。在人的思想高度物化的现在,唯独匮乏的就是爱的长远。一声"乖"或"宝宝",对于一对年轻的夫妇而言,或许只是稀松平常的爱称,但要坚持呼唤一辈子,却是不容易的事。

在医院这几天,每逢饭点的时候,我都会听到这位老婆婆对老伴的呼唤。老公公用咿咿呀呀的声音回应,显然破坏了这温馨的氛围,但是我一样沉浸在其中。

小学五年级的时候,我们这些小把戏对爱的理解和定位,都是从高年级的学长那里学到的，抑或是从电视和杂志上看到的，可人小鬼大的我们，却能把这些浪漫的爱讲得头头是道。有一次放学回家，一进门发现空荡荡的屋子不见人影，只有从厨房传出切菜的声音，显得非常不规律。我向来走路没有声音，以至于走到厨房门口都没有被做饭的奶奶发现。然而我所见到的画面，高度还原了我曾在文章中看到的爱情画面：奶奶在切菜，爷爷在奶奶后面抱着她，奶奶不停地在拒绝，不厌其烦地问爷爷恶心不恶心。等到爷爷发现我的时候，他那黝黑的皮肤也难当满脸绯红。

以至于很多年后，爷爷奶奶这样的情景对于我而言都是新闻，甚至还绘声绘色地讲给别人听。之所以是新闻，多半和自己的不理解有关，其实这种不理解可以理解为我们对年龄的偏见。而今躺在病床的我，面对曾经的和眼前所见的，忽然明白，除了我们年轻的容颜和老年人有天大的差别，除了我们的人生还有大把的时光能较劲儿，在病房中的这对老年夫妇面前，我们还真没有什么可以引以为傲的资本。

我知道，离开这间病房，我去往的是一间更大的病房——城市。但是在医院的这几天，我明白了一个道理：人生最大的孤独就是行走在密集的人群中，且这份孤独没有一个人可以倾诉。在快节奏的时代，我们的心灵畸变了，我们变得畏畏缩缩，不肯轻易打开心扉，越来越羞于语言的表达，即便是偶尔为某件事心血来潮，也是止于语言的苍白和无力。

老去，并不是变丑，而是为了优雅地转身！

观音坠

姐姐忽然说想我了，想和我视频聊天。

当了母亲的姐姐变得非常的温柔，聊天的过程中多了几分琐碎的唠叨，或许对于孩子而言，会厌烦这种唠叨，但对于成人的我来说，却是一种幸福。

姐姐忽然拿出一个独山玉挂坠，虽然是在视频中，但可以看出，姐姐手中拿的独山玉观音，已经被她养得特别温润。姐姐问我漂不漂亮，我当时是一个劲地夸赞料子很老。没想到几天过后，我收到了一份快递，里面是那天姐姐给我看的玉观音挂坠。

当我问起姐姐为何给我挂坠的时候，姐姐说，这玉观音跟了她好多年，有灵性了，况且知道我也喜欢观音，便给了我。

拿起这挂坠时，我的心中便已泛起了波澜，可能连姐姐都不知道，我已经有好几年不戴玉观音了，至于是因为什么，也只有一个人知道。

很小的时候，老妈告诉我，脖子上戴观音的小孩，不用吃药打针，病弱的我听了之后，果决地把老妈给我买的观音吊坠挂在了脖子上。后来到了学校，小朋友们都说我脖子上戴的观音好漂亮，那个时候，自己就像是骄傲的小公鸡在炫耀自己的头冠和漂亮的尾巴一样，兴奋了好几天。

结果可能因为自己的玩性太大，不知道怎么把这个观音吊坠弄丢了。记得那个时候，我还哭了好一阵，最后还是老妈用两毛钱买的烤红薯把我哄好了。

后来爸妈因为工作两地分居，很少有一家人团聚的机会。老妈每年往姥姥那里给我和姐姐寄新衣服，而我，除了在与姥姥见面的时候提及老妈，平常几乎很少在别人面前提及她。

在我小学三年级的那年初夏，我又收到了老妈寄来的衣服。和往年不同的是，这次多了两个精美的盒子，里面分别装了一个银观音，一个玉观音，显然是给我和姐姐的。

同年夏末，老妈得知我们已经搬到了镇上，特意赶回来看我们。见到老妈的时候，我有些嘴生，都不好意思叫老妈了。或许对常人而言，这个称呼再简单不过，但是对我而言，妈这个称谓，那得是多么幸福的人才具备资格去叫，后来和老妈熟了之后，我才渐渐开口撒娇了。

老妈问给我买的观音坠哪里去了，那时我不敢告诉老妈，我在学校把它以五块钱的价格，卖给了班上的小富豪。面对这个突如其来的问题，我瞬间撒谎，说不知道，绳子断了，观音丢了。

老妈没有责备我，而是从她的脖子上把玉观音拿下来，挂在了我的脖子上。从这一刻开始，母亲的体温暖着儿子的深情，观音挂在我的脖子上，意义也不一样了。从那以后，我把脖子上的玉观音看得特别宝贵。

2008年，对于我来说是一个噩耗不断的年份，老爸因车祸住院半年，回老家休养。而我正处于叛逆期，与任何人都是忽冷忽热，好几次和老妈通电话时，都是草草的几句便挂掉了。其实心里有很多话想跟老妈说，可热乎乎的心里话一到嘴边，都显得冷冰冰的，完全言不由衷。同年，外公去世，我知道老妈一定会回来，然而直到外公下葬，住校的我都没有看到老妈的身影。学校是她回外公家的必经之路，那几天我在教室隔窗远望，换来了无尽的失落。与她好几次通电话，我都想问明白是怎么回事，可是她一说忙，我便张不开嘴了。

第二年清明节当天，我特意随奶奶回老家上坟扫墓，想着老妈一定会回来，所以我一直在偷偷打听老妈的消息，直到下午不得不随奶奶回到镇上，因为要赶回学校上晚自习。

如果老妈没回来上坟，我倒也死心了，但是我忽然从奶奶那里得知老妈回乡下了，然后又匆匆忙忙地赶回去了。

那时的我根本不理解老妈的忙，是有多么的不可开交！

也就是从这以后，"妈"这一称呼成了我的怨言。

初三那年，做早操时，我忽然感觉到脖子上有动静，当我转头往后面看的时候，脖子上的玉观音因为绳子的老化，就这样掉在了跑道上。但是在那一刻，我却继续往前跑着，不曾把这个玉观音捡起来。那一刻，这坠着玉观音的绳子断掉了，一如叛逆期的我和老妈之间的母子关系，已经处于老化状态。

但是故事并不是到这里就结束了，如果说这一切都是成长的安排，那么一切经历总该有一个圆满的结局，这是成长的规律，更是血浓于水的真理，是谁都改变不了的。

初入社会，公然和老爸叫板，一意孤行的自己不肯在老爸的眼皮子底下做事，只想一人单飞获得自由，便自力更生，前前后后吃了不少苦头。几经波折，终于稳定下来，这又累又乏的一路，体味到很多说不出来的感受。

或许是在外头遭受了太多的白眼，知道了什么叫作不容易，当我再次听到"妈"这个称呼的时候，我那颗伪装成坚强的心忽然变得柔软了许多。几个月后，姐姐在我生日那天给我买了一个玉观音，我拿起它的时候，我的直觉告诉我这不是姐姐买的。

过了很长一段时间，在和老妈的通话中，我终于主动聊起了自己的一些事情。那时，我的工作正处于瓶颈期，决定回家好好陪老妈一段时间。老妈嘱咐我回来前告诉她，她来车站接我。

就在我走出车站的那一刻，发现来接我的只有姐姐一人，我的直觉告诉我，这里面有问题。在家整整等了一周的我，由于假期已到，不得不回广州工作。

那时的我心不在焉，辞去了小团队的工作，换了同行的新单位，业余时间把自己憋在家里写小说。辞职后一个月，在家里整理房间，搬东西的时候，我不小心把胸脯狠狠地撞到了尖锐的桌角上。当时并没有感到疼痛，只听到了"啪"的一声，还以为是桌角被撞断了，摸到胸脯处，才发现是脖子上的玉观音碎了，如同我的心一般。

后来我才得知，那年老妈在生意场上为姐夫扛了一些事情，所以我回家才没有见到老妈。也就是从那以后，我每次去寺院时，看到观音的佛像，几乎都是将自己缩成一团跪在观音面前，不敢抬头看。我多么希望时光能倒退到那年在操场跑操的时候，让我把那尊观音吊坠捡起来；我多么希望那尊五块钱卖掉的银观音，能够用五百甚至五千赎回来，尽管我知道这是不可能的事情，但是在观音面前，我忍不住

老妈说戴上观音坠,那是菩萨在保佑我,
长大后才明白,那是老妈在护念和思念我。

幻想。

　　人这一辈子,把太多的感情放错了地方,以至于让自己遍体鳞伤。前几天我看到了一句话:"我们的爱若是错误,愿你我没有白白受苦。"有时候错珍惜和错放弃都需要付出沉痛的代价,这个代价对我而言,真是铁的教训。

　　人都有善良的一面,但我们相信美好的同时,又都会怀疑美好是否真的能到来,我们相信的时候不智慧,不相信的时候又不理智,最后总是难免与美好失之交臂!

挂在墙上的人

在傍晚的闲散时分，忽然发现窗台上的绿萝叶子黄了不少，窗格之上，也因为自己的懒惰落了不少灰尘。可能是因为此刻内心世界的平静，我忽然动起手来，开始打扫窗格上的灰尘，修剪和浇灌窗台上的绿萝。

或许是还不够尽兴，我索性打理起整个房间，虽然这导致了身体的疲累，但是有助于心灵的放松。在书柜的深处，我翻出了几张早年的照片。

照片里的故事很简单，简单到和你的故事没有什么区别，但是却在内心深处触动到我。

那是八岁时的照片，我的第一反应就是这小孩儿长得真嫩，满脸的可爱。

那时，我喜欢偷东西，说起来还是跟着姐姐学的。那时，家里开着一个小茶庄，姐姐每次上学的时候，都会从茶庄的抽屉里偷偷拿几毛钱，这种细水长流的做法不易被察觉，有一次被我发现了，于是我也准备采取这样的行动。

那时的我真的很笨，笨到对钱大钱小都没有什么概念，真是开蒙很晚。有一次待到姐姐偷完钱去上学，我也借此机会，锲而不舍地一把把抓，直到把抽屉里的钱几乎拿光了，才把钱掖到了袖筒里，溜进了房间。

当我准备从房间里出来的时候，正打算在抽屉里找零钱的老妈发现抽屉被洗劫一空。老妈第一个怀疑的是我，然后就是一番搜身，结果可想而知。在老妈的一番严厉拷问之下，我供出了姐姐，但是老妈死活也不相信，说我的皮松了，自己偷东西，还撒谎牵连别人。最后老妈把我的衣领挂在了比我高一些的墙钉上。

那一刻真搞不懂为什么说实话还不讨好。看着照片上的自己，我忽然笑了，不仅童年如此，就是当下的现实生活，讲实话也不讨好。

再往后面看两张，照片上的我，估摸着也只有十岁的样子，照片里的墙上，挂着老爸和老妈的照片。

没想到仅仅两年的工夫，变化如此之大。还记得那时，茶庄的生意还不错，一家人都能团聚在一起，即使是挨了打，我也能在挨打之后换回老妈的一副笑脸，或者是用几毛钱零食就能换来欢乐。仅仅两年的时间，家里的生意不好做，爸妈南下做生意，我不得不寄居在奶奶家里。那年挂在墙上的我，也就在两年的时间里，把对爸妈的相思转换成了照片，挂在了墙上。

看着这张照片，我的眼泪流了出来，我根本压抑不住内心的酸楚。对一个人的想念，也是从那个时候开始的。

忽然想起了半年前回家探望老爸的事。其实回的不是老家，只是老爸在南方长年住的地方，久而久之，那里便成了家。

在进门的那一刻，我忽然发现自己的照片被挂在了墙上，大概是小学毕业的时候，我从老家给老爸邮寄的那张。照片上失真的色彩和发霉的点点，证明着它在这个家居住了很多年。但是我却非常奇怪，为什么这么多年我都不曾在意，偏偏却在这个时候看到了这张照片。

我记得那时我真的很矮，老爸真的很高，现在的老爸却变得很矮，两鬓的银发也变多了。时光过得真快，快到将以前的模样彻底带走。

在我心中，老爸永远是严肃的，不管多少年过去，他依旧保持本色不变。我一度认为老爸的内心世界是封闭的，因为他从来不去表达自己，也不让别人向他表达。但是我后来明白了，在他心中，仍然在燃烧着一把火。很多场合我都能隐约感受到，老爸也需要儿女承欢膝下，也希望看到全家和和乐乐，尽管他不善于表达，但是他对我的期许却从未变化。他只是表现得比较严肃，让人敬而远之罢了。

在这个"夕阳无限好，只是近黄昏"的傍晚，我仿佛明白了，时光把我们打磨得像一块光滑的石头，以至于心与心之间碰撞与交流的时候，稍微接触就一滑而过。即便那些疼爱的人想挽留，但那些被疼爱的人却不懂得珍惜，就这样不经意滑到了远方。

看到这些照片真的想到了好多，人活着不是形式，更不应该活成行尸走肉。不管是儿时被罚，老妈提起我的衣领，将我挂在墙上；还是现在墙上挂着的这些亲人的照片，抑或是从来不懂使用手机程序的老爸，把我的照片做成屏保，这些都蕴藏着一颗热乎乎的心。这些照片与其说是在墙上挂着，还不如说是在那里等着。而我们永远都把自己藏着、掖着，彼此之间都含蓄着，直到现在，黄昏已经过去了，夜幕降临了。

Chapter One

19

这些照片与其说在那里挂着，
还不如说是亲人在那里等着。

曹丽黎/绘

You're Only Young Once

20

人生就是互补的过程,
明白了一体两面的道理,
或许就没有那么多的道理和约束可言。

摄影 / 肖二

老了，小了

老妈给我讲了一个关于我小时候的故事。她说我很贪，有好吃的东西，姐姐会吃一点藏一点，留着下一次吃，我却会一口气吃完，趁姐姐不注意的时候，把姐姐留下来的那一份也偷吃了。

老妈给我讲的这个故事让我深信不疑。

以前我喜欢陪老妈去买东西，哪怕是买菜我也乐意陪她。其实我并不是什么乖乖仔，我陪老妈是有原因的，因为老妈买东西付账的时候，我会替老妈接过找零的钱，然后中饱私囊。那时候，老妈总骂我："小瘪三，真狡猾！"

不过老妈看似在骂我，实际上是在表扬我，她非常欣慰我比姐姐脑子转得快，嘴里说我狡猾，实则是欣慰我的聪明。

后来她老了，我大了。这种骂不再有了！

这几年，姐姐忽然有了骂我"小瘪三"的习惯。我有好消息告诉她的时候，她会说"小瘪三你还挺行的"；有时候听到她觉得不靠谱的事情，她也会说"小瘪三你别乱来啊"。其实每次听到她骂我"小瘪三"的时候，我总有种情景再现的感觉，如同回到了少年时。

自从工作后，我鲜少和老妈一起出去买菜。有一段时间得知老妈因生意上的事情操劳而身体抱恙的消息，我放下了手头上的事情，决定陪老妈几天。后来我才知道，老妈身体不好已经有一段时间了，只不过老妈不让姐姐说，瞒了我很久。

这两年，老妈虽然有姐姐的帮衬，但对比以前，身体却每况愈下。

我决定安安静静地陪老妈几天。我们坐在沙发上聊天，我们一起出去散步，我陪老妈去吹头发……我忽然发现自己好像并没有长大，更不曾独立。

这天中午，我想和老妈一起出去买菜。我低着头，看到自己喜欢的东西就拿起来，而老妈在林林总总的货架上，不知道在找些什么。

"超市的菜价太高！而且不新鲜。"这是老妈不停唠叨的话。与其说她挑选得很仔细，还不如说这是她最近絮叨的状态。买单的时候，我抢着要付钱，老妈死活不同意，最终还是我胜利了。

其实在争着买单的那一刻，我感觉很心酸。我万万没有想到我和老妈的相处是这种模式。对于谁付钱，原本是无足轻重的一件事，但老妈却很在意，甚至有着无意识地固执与坚持。

走到超市门口，老妈忽然原地不动了，她不停地在口袋中摸索，然后说："我的钱掉了！"我听了之后，轻描淡写地回了一句："掉了就掉了，破财免灾！"

当我再次回头看的时候，老妈着急忙慌的样子瞬间让我感到诧异。我忽然意识到我和老妈之间的距离拉远了，她总会在不起眼的事情上纠结不放，行事风格大变，而我却对此毫不在意，且后知后觉。

其实老妈这样的执着我也曾经历过。那是小时候陪老妈一起到小卖部买东西，自己的五毛钱不知道丢哪里去了,便在小卖部门前着急忙慌地找钱,当时自己根本不知道五毛钱是被老妈藏了起来,因为她不希望我这么小就拿着钱乱花。我记得很清楚,当时我因为找不到钱而耍赖,满地打滚地让老妈再给五毛钱时,结果钱没要到,却要来了一顿暴打。

思及此,我灵机一动:"妈,多少钱?"老妈说没多少,我故意把钱放在购物袋子里,然后装作倒腾,从袋子中把钱找了出来,说:"妈,你自己把钱扔进了我的购物袋!"

这个谎勉勉强强圆过去了,但还是在老妈心中留下了疙瘩。接着买面条的时候,我依旧抢着买单,尽管只有几块钱。因为是我付的钱,老妈彻底生气了。她的生气就像我小时候她骂我一样温柔,却故作恶狠狠地看着我,说:"你这个小瘪三,我的钱想花出去都花不出去!"我呵呵地笑了,说:"你的钱再掉了怎么办?"

看到老妈这样的行为举止以及精神状态,我已经猜测到老妈在生意场上遇到了坎儿,但我却不敢问老妈,因为我知道问也是无济于事的,反而会让她觉得有压力。

吃饭的时候,大家都在说笑,老妈不停地给我们夹菜,突然冷不防地看着我说:"以后你们出门都带上他!"我问为什么,老妈似笑非笑地说:"带上你这个小瘪三,万事大吉!"

我终于听出老妈一直在掩饰自己的压力,知道我放下一切陪她,她既希望我能陪在她身边,又不忍让我分心。

"你是老妈,心疼我这个儿子,但我作为儿子,也心疼你这个老妈啊!"看着饭桌上的菜,我发现自己嘴里咀嚼的不是味道,而是一种难言的滋味,我多么希望能把这真心的话说给老妈听,但最后我却羞于表达。

小时候,我没有赚五毛钱的能力,老妈随便的一次找零,都够我开心半天;现在,我有这个能力支配更多空间和事务的时候,老妈却为了自己买的菜比别的菜不新鲜而郁闷好半天。

不就是五毛钱吗?不就是一提菜吗?五毛钱可以让一个小孩开心半天,也可以让一位老人唠叨半天,不知道究竟是老妈老了,还是老妈变小了。

晚上在小区散步,泛黄的灯光下,我的手牵着老妈的手,走过一盏盏路灯,一切都像是回到了从前。那时候,老妈很高,我很矮,老妈的手牵着我的小手。而今,老妈变矮了,我却长高了!

一盏盏泛黄的路灯,就像是褪色的老照片一样。我偷偷地拿起手机,拍了一张老妈的照片——她安详地坐在灯光下的石凳上。在很多夜深人静的日子,我都会仔细地端详着这张照片。也打定主意,要尽自己最大的能力善待她,就像曾经的她对待我一样,把属于自己的美好年代留给她!

老妈老了,小了!

来 不 及 年 轻

就 老 了

灯光把夜的黑幕烫了一个洞——这样的表达你会想到诗歌，还是会想到音乐？一座城市的高楼和大路，是一群人的坚守和迷茫，曾经年少轻狂总想着远方，待到终于抵达理想中的远方，却发现故乡和远方都是一个城市的模样。一座城市的悲欢背后是一群人的梦想交织，离开这座城市到另外一座城市，就像从一本书的阅读到另外一本书的阅读。山河很长，看着城市川流不息的车马，远方成了他乡，落在心头的是彷徨，写在笔头上的文字是诗和远方的梦想。当书店的灯光调亮了，问问自己的梦想，旧城市每天都会有新灯光，而你，是否与这座城市有着新故事，是否在别人的文字中看到自己的模样？

You're
Only Young
Once

CHAPTER TWO

旧城市的
新灯光

此身和此心的一门学问 / 书店的灯光亮了 / 老人与茶 / 我害怕在一座城市中生锈

You're Only Young Once
——
28

世间万般都是药，
关键看你会不会用，
用对了没有。

此身和此心的一门学问

我时不时在自己的平台定期推荐一些好书给大家。一次，我刚推荐完一期专题书籍，留言板就看见了姜姐的互动："你猜猜我最喜欢哪一本？"作为新华书店的工作人员，她对图书的涉猎，即使我这个书迷也自叹不如。我看了看推荐页面的几本书，一本《此身，此心》忽然吸引了我的眼球，揣测姜姐八成喜欢的就是这本书。我会意到问题的敏感性，出于尴尬，我故意答错，没想到姜姐倒是坦然，直接留言表示自己对这本书的喜欢。

"生命行脚，一次病房内外的旅行。身体像行李一样被拎来拎去，希望总存于渺茫之中。"这是这本书的编辑推荐语，我想也是姜姐的写照，因为这本书的作者和姜姐一样，早早地患上了癌症。

告诉我这件事情的人是蜗牛书吧的店长张姐，她说要介绍我认识一位书店行业的奇人，但只是言简意赅地说了一番姜姐的情况，终究没有细聊。

我与姜姐的认识，算是从这本书正式开始。但是这场开始，让我有点尴尬，我觉得自己不够坦白不够勇敢，毕竟没有做到直面她的人和她的故事。

终于在一个暖阳的午后，我和她约在蜗牛书吧见面。我们寒暄过后就开始聊这本书，我上下打量着姜姐的一举一动，她的肢体语言和精气神一度给我造成错觉，似乎疾病在她身上，没有半点影子的存在。

我忽然觉得和她第一次见面就聊疾病的话题，似乎有点过于严肃，尽管我顾左右而言他，但是却始终被定格在这个聊天模式，我愈是想转移，愈是转移不了。或许是我给人的感觉，容易让大家认为是传道解惑的代表，所以与姜姐的初次聊天，便是"生死大事"，显得别具一格。

"扫尽尘劳无挂碍，逢人只是不谈禅"，虽然没有和姜姐谈禅论道，但是与姜姐的聊天在某种程度而言，话题的严肃性却让人敬畏，当一个人心有挂碍的时候，怎么可能做到"无有恐怖"呢？

这年头，听到的感慨和感悟不比别人的少，每天睁开眼睛打开手机，满屏幕的各种感悟，有些感悟就像是一位能做到妙笔生花的男性作家去写女性生育的过程，文字再精妙绝伦，依旧是隔靴搔痒，终究自己无法体悟。"不能真为生死者，眼前活计放不下"，在聊天的过程中，我的脑子里忽然闪现出了这句尘封已久的大德开示。这归根于我和姜姐谈到简约生活和慢节奏的话题之时，姜姐心平气和地说："我觉得我追求的东西不多，在身体力所能及的情况下，我把我本职的工作做好，该练瑜伽的时候练瑜伽，该去田园游玩就去游玩，对我来说，除了图书，每天早上我能睁开眼睛醒来，就觉得自己已经非常庆幸了。"

姜姐铿锵有力的一句话，简明扼要地把自己的内心世界全盘托出，这不仅仅是勇气的问题，而是需要接纳曾经诸多的挣扎，才能说出这般解脱的话。没有放下屠刀的力量，哪来成佛的可能？此身此心在此时此刻，坐在我面前的姜姐，在茫然未知的生命里，把生活梳理得井然有序，把心态整理得从容淡定。我们害怕死亡，但是鲜少敬畏生命，很多人在面对生死大事之时，都仿佛儿戏一般荒谬不堪，何以谈敬畏？

姜姐并不是强大到不食人间烟火那般，她的从容更不会如云似水那样。数年如一日的书店工作，若非做什么爱什么，便是满足现状不思进取，若是后者，我想也没有这个缘分让我和她坐在一起，享受下午茶的时光。

2016年国庆节前夕，我在去萧山机场接朋友的路上，姜姐发信息给我说，她要参加省里的一场图书码堆活动，作为参赛选手要准备一段文字作为开场白，她希望我能帮忙润色稿子。我看到信息的时候已经是晚上了，和她简单聊了几句之后，我才知道是新华书店的活动，更准确地说是实体书店的活动。

她选择了一本以环保为主题的书籍，将书码堆成绿意盎然的大树。后来姜姐告诉我，书店几乎都有码堆的现象，一般码堆的都是重点推荐的畅销书和可读性比较强的书籍。对于长期泡在书店的我而言，哪些书在书店码堆过，我都能说出个子丑寅卯，所以姜姐选择环保话题的书，着实让我眼前一亮。很快，国庆长假结束，我也如约而至地将润色好的稿子交到她手中，我和她的观点不谋而合——在空间环保的同时，我们要更加注重心灵的环保。

一周的时间，我都在关注着姜姐是否获奖的动态，其实我已经猜到了什么。不久，我去书店找工具书，巧遇姜姐，正逢她下班，我们便移步约到蜗牛书吧。聊天的过程中才得知，因为诸多不可控的因素，导致姜姐这个创意的码堆名落孙山。好的创意和精心的策划经不起人为的意外，对于大千世界早已不是什么新鲜之事。

姜姐说结果出来的时候，她坐在楼梯的一角有些心塞，但很快就想通了，觉得活动结束后不过是睡一晚就翻篇的事情，别人的对错是别人的事情，自己的善良和该做的事情是自己的本分，不管遇到什么，该做的总归要做。此身、此心分外分明，无挂碍才能远离颠倒梦想。所以这次聊天，姜姐很自豪地对我说，实体书店早年还没有图书码堆和重点图书推荐书位的时候，她就早早提出了好书码堆和重点书位推荐的设立。

这个自豪并不是在标榜什么，而是一个人的角度和态度问题。作者写的是作品，而从出版社发行和书店的角度来看，作品已然成了商品。出版社将作品转换成商品，再传递到书店这个平台，而书店要将书籍传递给读者之时，必须要分类清晰，好让读者在琳琅满目的书海中第一时间找到自己想要阅读的作品。这是书店工作人员的职能，更是图书行业的本能，而姜姐早已将这些业务能力发挥到淋漓尽致。

"实体书店还能存活吗？"面对网上书店，这是我问她的问题。姜姐毫不思索地回答："当然能存活，必须要存活！"我问她为什么，难道是靠背景和渠道的垄断吗？姜姐的回答让我分外的惊讶，她说："是一座城市的需要，是一个群体不可或缺的依靠！"

这么平淡的一句话，我却瞬间被这种肯定所感动。听到她这样说，我不由自主地构思出一幅画面：夜空下，灯光泛黄的书店，坐落在这座城市的一角……柴静在她的《看见》中说："张洁总担心善良的人做不了刚性调查。"但是面对一个人的时候，难道会选择不同面孔去对待吗？有时候人与人之间就是太过于理性，最终彼此间牵连的那条线经不起两头的牵扯绷断了，所以说刚性的东西未必是最好的。《金刚经》里说"无我相，无人相，无众生相，无寿者相"，有些人觉得生命的依靠是深爱的那个人，有些人自己将终身奉献在艺术的痴狂之中，依靠的定义因人而异，或许就是《金刚经》说的那个"相"吧！在书店的灯光之下，不管男女老少，他们背靠着书架、捧着一本书的画面，看起来格外宁静与安详，仿佛所有的嘈杂在这个空间消失得无影无踪。

"一切贤圣，皆以无为法而有差别"。我与姜姐的差别并不是"此身"的区别，"此身"只不过是肉身罢了，早晚有一天要还给大自然。然而"此心"的不同，是指对待同样事物的态度出现了差别，同时也呈现出生命不同的因果与善缘。

不舍此身的鞍前与马后，哪来此心的豁达与从容？有些事情我们终究是奈何不了，但是无可奈何和舍不得，本身就是每个人必须要面对的功课。

阅读空间的浮躁和人群的浮躁不相上下，当大浪淘沙的趋势席卷我们的生活时，如何活着便是大家必须要面对的主题。而当书店的生存受到市场态势的冲击与考验时，就像我问姜姐的问题一样，存活是一门学问，更是一场态度的艺术，毕竟活着就是一场醒来的修行！

You're Only Young Once

34

很多时候，
一场用心的准备，
总会经不起人为的意外。

Chapter Two

35

我们忌讳谈死亡,
但很多时候,
我们缺乏对自己身体的敬畏。
我们没有资格支配身体,
必须要好好保养它。

书店的灯光亮了

转身邂逅，相见便相识

在湖州，有两个地方我常光顾，一个是衣裳街的德泰恒药店，另一个就是衣裳街的蜗牛书吧。生老病死是再正常不过的事，但在我身上，这生病的频率过高了些，不过日子久了，也就习以为常了。然而，衣裳街的蜗牛书吧更不足为奇了，即使是吃药，我也不能耽误来这里看书。

这两年，无论走到哪座城市，我最先了解的就是这座城市的书店。我很奇怪，不知道为什么随着年龄的增大，想去了解一个地方，唯一可以让自己依靠的竟然是书店，哪怕在一座城市迷了路，只要让我置身在书店，我都会觉得安全。

我根本不记得自己是什么时候知道蜗牛书吧的，待在这里，透过窗台上的盆景看向窗外，看着馆驿河头的流水一湾，心也跟着静了下来。

刚来湖州的时候，因为对这座城市不了解，总觉得自己身在这里，是这方烟火的过客，心不定，就像浮萍一样，或许这就是江南水乡给人带来的漂泊感吧！尽管别人将这里视为世外桃源，但只有我自己知道，既然吃着人间烟火，就需要去融入这座城市。

后来，有朋友不远千里来看我，我没有直接把他带去茶馆，而是带他来蜗牛书吧聊天，跟他讲衣裳街的故事，这个过程挺好玩的。对于陌生的地方，过客总认为是美好的，或许是因为雾里看花，距离产生了美，他们开始羡慕我来湖州居住的日子了。再后来，每次有朋友从外省来看我，蜗牛书吧都是我必须带去的地方。或许很多地方的美，需要我去解释，但蜗牛书吧，只要带着朋友，临窗而坐，不需要过多描绘，窗里窗外，江南的小家碧玉在角角落落之间，都在与你对话。

蜗牛书吧的夜晚,
带着暖和光,
带着阅读人的回归!

在嘈杂的城市中,
一群热爱阅读的人,
把阅读和音乐融入到了书店。

生命需要感动

这家只有几百平方米的临河古建筑——蜗牛书吧，被划分成三大板块，二楼的咖啡吧、一楼的书店和后院的青年旅社共同经营，在这不大的空间中，错落有致到相辅相成。

很有意思的是，蜗牛书吧的图书区域和咖啡区域是相通的，而且是无缝对接，嘴里喝的是咖啡，眼里看到的是图书，我想这是一种非常奢侈的享受。尽管这家书吧是在衣裳街的古建筑里，但是蜗牛书吧的设计风格并没有受到这些建筑的影响，书吧的玻璃窗反而大胆地采用了几米的漫画风格。因为玻璃窗上画了涂鸦，所以蜗牛书吧在古旧的建筑中并不显得古板，在传统氛围的烘托下，愈发让人触碰到年轻的气息。或许喜欢这里，是因为我还很年轻。

也是后来我才知道，在蜗牛书吧，大家经常开一个玩笑："蜗牛怎么这么奇怪，不是聚集外国人就是和尚在这里！"蜗牛书吧的店小二有好几位，其中一位是俄罗斯女孩玛莎，她有着白皙的皮肤，大大的眼睛，起初并没有引起我的注意。后来，有一次我在支付购书的费用，没想到俄罗斯小女孩坐在电脑前招呼着，用一口非常地道的中国话告诉我："五十六元！"我极为诧异小女孩的中国话竟然如此标准，在湖州这么一座小城市，为什么会有俄罗斯的小女孩在此工作？总之，我的问题有很多，一旁的中年女士笑着说："蜗牛家的人，都非常的厉害吧？"

也就是那个时候，我才知道这位每天和年轻人在一起聊天的中年女士，是蜗牛书吧的老板娘张姐。

从此，我对蜗牛书吧的关注点便多了俄罗斯女孩玛莎和张姐。

我很想问大家一个问题，你有多久没有被感动了？比如因为一场电影、一场话剧、一句话，或者是因为某一个人的举动，等等。我觉得这个问题很有意义，因为放眼望去，你会发现大家对身边的一切都感觉很麻木，日子过得也没有暖和光。其实这个问题是我在蜗牛书吧的时候，脑海里忽然冒出来的。

在那一个下午茶的时光，我捧着一本书在蜗牛书吧临窗而坐。店里客人很少，店小二在吧台清洗着杯子，一切都显得井然有序。我忘了自己是在看书，还是在享受下午的时光；是在喝一杯咖啡，还是在发呆，总之，我敢确定的是我在这里寻找灵感，我在这里创作。

蜗牛书吧楼梯的一角安置着一架钢琴，似乎从我进入蜗牛书吧的第一天起，从来都没有听过来自这架钢琴的琴声，当然我也只认为这是蜗牛书吧展现小资的一面，充其量是摆设而已。忽然间，耳畔响起了钢琴的音乐声，对比从音响发出的声音，来自钢琴弹奏的声音更加有渗透力。我记得学生时期的物理课上，老师说声音的传播途径有三种，即空气传播、液体传播和固体传播，但此时此刻，似乎各个途径都在向我传播着来自钢琴声的音乐，我迫不及待地回头，原来是玛莎优雅从容地坐在钢琴面前，指尖在键盘上如行云流水般弹动着，她在钢琴前很安静，似乎身边的一切都与她无关，谁也无法打搅到她的世界。

我被这首音乐感动了，不需要理由，只是感动，傻傻的感动！

时光过得很快，我们走得很快，我们所求得更快，以至于我们挥霍得也很快，当我们的心灵和肉体不能回归的时候，我们会觉得很累。在蜗牛书吧遇到的，都是属于有思想、有生命、有活力的人群，他们在宁静的一角，陪伴着与书有关，与旅行有关，与时光中的人和事有关的一切。因为蜗牛很慢，才会在途中与你遇见！

或许，这就叫作懂得！

蜗牛书吧的建筑带有古朴的气息，但是在蜗牛书吧的咖啡厅，看着那扇窗子上的漫画，忽然有种时空交错的感觉。

时光知味，慢下来慢生活

我以前喜欢喝茶，喝一些比较温和的茶，诸如老熟普、老白茶和红茶之类的。至于咖啡类的，我谈不上喜欢或排斥，更谈不上讲不讲究，比起喝茶，喝咖啡对我而言，更是"随缘"。

蜗牛书吧的张姐手磨咖啡非常老练，她经常在前台亲自调制咖啡，年轻的店小二在一旁学习着。不管人多人少，张姐都是亲力亲为，手把手将调制咖啡的手艺教给年轻的店小二。

蜗牛书吧的店小二都会用心记住客人的偏好。时间久了，每次来蜗牛书吧，都不需要我说什么，看见我进门，张姐和年轻的店小二都会为我打磨一杯香浓的拿铁。

人是群居动物，特别是来湖州之后，发现一起喝茶的人并不像以前在广州那么多。渐渐的，连自己也没有那么讲究了，盖碗和公道杯全都置在了一边，索性撬开一块茶置入壶中，烧开的水往壶中一泡便是茶了。有时候，来蜗牛书吧看着书喝着咖啡，就是为了填补这段时间作为沏茶人的一种缺失，也只是茶客的一种自我安慰罢了。

有意思的是，同湖州结交的朋友在蜗牛书吧喝咖啡，最后大家较劲儿到拿铁上的拉花喝到最后，画面要保持完好。在蜗牛书吧喝咖啡，竟然喝出了比嘴功的乐趣，这种举动也就年轻人干得出来，估计年长的一些，应该不会这般无聊。

尽管如此，我也是每次在拼尽全力希求拿铁上的拉花完美，可每次喝到最后都以失败告终。一次无意中，我独自一人在蜗牛书吧喝咖啡，张姐告诉我保持拉花的形状很简单，下嘴喝咖啡的时候，在拉花的尖尖处入口即可。

You're Only Young Once

44

　　方圆大小不一的杯子，你试图找到自以为合适的角度下嘴，最后拉花的画面都被破坏，但只要你顺着花纹的尖尖方向去喝咖啡，所有的拉花都会保持原貌。可人往往都会忽略掉方圆之间的顺应。顺应有时候是一种智慧，生而为人也是如此，我们要学会顺应身体发展的规律，顺应大自然的运行规律，我们要学会顺道而行。有时候我们故意背道而驰，往往毁掉的不是别人，而是我们自己，这也是我喝咖啡时所带来的启迪。

在临河的一面，
看到青年旅社和书吧，
对于青年驴友而言，
这一切都可以融化到诗意中，
是属于江南的诗意。

直到有一次，朋友见我杯中的拿铁喝到最后，拉花依旧完好，甚是惊讶我走了什么捷径。当然，我没有告知是张姐教会我的，但是我心中非常明白，在蜗牛喝咖啡，已然不是喝出趣味，而是在吃喝之中，生命的觉性本然，在此忽然领悟了。

时光在这里渐渐地沉淀，这座城市的节奏就像是蜗牛书吧的名字，有些人在这个地方满足当下，一派岁月静好的样子；有些人在此驻足，然后匆匆忙忙离去；更有些人只是在此小坐，成为一方过客。我们都像蜗牛，背着或大或小的壳儿。不同于这些人，我更愿意来到这里，成为这里的常客，在蜗牛书吧这里，慢生活慢下去。

顺着拿铁拉花的那个尖尖处去喝，到最后，能保留拉花的形状基本不变，喝拿铁的我们，总喜欢比"嘴功"，其实这是一种做人的境界——顺应。

You're Only Young Once

46

炊烟起了，我在这里等你

在蜗牛书吧临窗而坐，窗外的河对面是一座半新不旧的仿古建筑，古铜色的砖墙，略带民国味道，墙上有两行字，让人误以为是在丽江——炊烟起了，我在这里等你。可这里是江南，在一方烟火的人间，岸边的人间味道，在蜗牛书吧的窗外变成了古老的时光。

我曾问过蜗牛书吧的张姐，为什么现在的书店经营模式会有这么多的衍生，比如咖啡吧和书吧的结合，青年旅舍和书吧的结合。张姐告诉我是为了生存，实体书店终究赶不上网购的突飞猛进，很难再靠卖书生存下去，单单靠图书的零售，早已撑不起这里的铺租。

蜗牛书吧是在衣裳街沿河岸最东面的一家，相对于衣裳街的主街，这里清静了许多。蜗牛书吧的小资和情调，都会在深夜之后，在柴米油盐之中，回归到生活，回归到现实，最终抵不过一碗白米饭糊口的现实。

没到湖州多久，衣裳街的角角落落，我几乎都熟悉个遍。这里的行人，这里的流水，早已在我的脑海里烙下了深深的印记。学生时期对江南水乡的向往，再到此刻我成为江南的落户僧家，虽然这里没有南朝四百八十寺的壮观，但是楼台烟雨如今还能亲眼看见。

沿河一带的衣裳街店铺，我用自己的步伐丈量着，细数着临水而建的两岸人家，眼见着一家家店铺开张，一家家店铺关闭转让。也不知多少回打此经过，忽然有一天发现在这条临河的街道，竟然有一家手工陶艺店映入我的视线。这家陶艺铺子和蜗牛书吧的距离不过几百步，两家店铺在临河的街道上遥相呼应。

但是生活中哪里会有两全其美的事情呢？即使有也是少见。在衣裳街馆驿河头感受清风滋味，看着炊烟升起，怎么可能会是岁月无渣？不久之后，这家陶艺铺子的木门紧闭了好多天，就像木心的《从前慢》那样："你锁了，人家就懂了！"

尽管我觉得蜗牛书吧的窗外，临河对岸的"炊烟起了，我在这里等你"有点像云南大理，但是我至今都没有去过大理。或许因为以前主编杂志的缘故，走过很多地方，对新鲜事物麻木了，旅行对于我来说意义已经不大了，我很难对一座城市的角落有过多的情感投入。但是蜗牛书吧却不一样，这不仅仅是因为我爱好纸质阅读，我是创作者，更多的是当我初到这座陌生的城市，正于路口彷徨之时，在巷子的拐角处，在流水一湾处，遇到了临河而建的蜗牛书吧，让我可以在此驻足，成了我身体和心灵暂时停歇的地方。

因为这里很慢，而我们的一切都是很快。蜗牛书吧的窗外有很多画面：电动车在坑坑洼洼的石板路上颠颠簸簸；行人匆匆的步伐；偶尔还有人停下脚步，从窗外看向蜗牛书吧窗内的世界；更有年轻人在此暧昧，他们在青莲桥下，借着临河杨柳随风的浪漫你侬我侬。他们不在乎行人的眼光，更无畏窗内是否有人看见，似乎这里的烟火人间干扰不到他们，甚是有意思。

与师父喝茶的时光

2016年6月，我的新书全国上市，读者见面会的活动早早就有人预约，蜗牛书吧的张姐询问我，可否在蜗牛书吧办一场活动，我欣然同意了！

千里之行，用心沏就，走访七座城市，拜访五十多位茶人和禅师——这是各大媒体对新书的评价。其实在读者见面会没有公开之前，谁也不知道，历时两年的创作时间，缘起福建闽南，写于广东岭南，最后一篇文章结束于湖州江南，看起来极具远方和诗意的表达，个中滋味，也只有我自己如人饮水，冷暖自知罢了。

作为民营书店的蜗牛书吧，前前后后发生了许多故事。蜗牛书吧的前身是席殊书屋，书屋的灯光是从2001年为读者亮起来的，后来从马军巷那边搬到衣裳街，并且加盟了国际青年旅舍，结合了书店、咖啡吧、青年旅舍三位一体，历经十几年的风雨洗礼，一家民营书店的情怀背后，还有现实的严峻问题在多方袭击，但是蜗牛书吧依旧是波澜不惊，一如在钢琴前优雅从容的玛莎。

省内的书店人看到张姐这边在举办这样的一场读者见面会，纷纷通过张姐向我提出邀请，也正是以此因缘，使我认识了舟山岛上书店的娜姐、奉化三味书店的卓哥、新昌文星书店的君姐，以及宁波十里红妆书店的宁波名嘴主持人皓哥，无巧不成书，作品出版之后，真是千里之行。

古人说："耳目宽则天地窄。"去过一些地方，明白了一些道理，才会劝告那些想开咖啡馆或书吧的人，这个想法劝你们只是想想就好了，落实在生活的当下，开家书店，卖书表象的清闲优雅掩盖了背后多少的艰辛，看上去很美好，但你可能只是图书的搬运工。这是我在一家家民营书店办完活动之后，这些书店人对我的忠告。

我的最后一场读者见面会即将在宁波的十里红妆书店落幕了。张姐早早就告诉我说皓哥的声音极其养耳，我在微信朋友圈搜索了一下，果不其然，听了皓哥的声音之后，我一度认为是不是他上辈子赞过佛，所以这辈子声音才这么好听。

更让我想不到的是，最后一场在十里红妆书店的活动，这一波实体书店的朋友们都齐聚宁波，他们有的好多年都不曾见面，却为了一本书的缘分再次聚在了一起。活动的当天，雨下得很大，大家的心却被滋润着。

梦想和现实总是千差万别，听多了民营书店对现实无奈的叹息，也看见了他们几十年如一日的默默坚守，忽然觉得阅读是一件非常伟大的事情。十里红妆的皓哥说，对于那些不爱看书的人，他可以通过互联网朗读给他们听。我们都称赞他这是菩萨精神，而我给皓哥贴上了一个"用声音在开书店"的标签，他担当得起！

通过蜗牛书吧的张姐，我认识了这帮有趣的书店人，发现了他们的共同性——对图书的热爱都是狂热的。他们明明知道实体书店做不过网络书店，但还要坚守他们的实体书店。每家书店的背后都有一部心酸史，他们都能一笑而过，梦想着书店的灯光不灭，在他们所在城市的某个角落，温暖那些爱书之人。我一直觉得是对书的情怀支撑着他们的信念，尽管书店的灯光所照亮的只是一个小小的空间，但是每个读者心中都有书店的灯光，一灯能破千年暗。

你永远流淌在我的记忆里

在蜗牛书吧，自从那次俄罗斯小女孩玛莎所弹奏的乐曲让我陶醉之后，便再也没有听过类似的琴声了。我多次临窗而坐，想象着玛莎安详地坐在钢琴面前，弹奏着我叫不出名字的音乐，是多么惬意的一件事情。可楼梯的一角，那架钢琴仍然静静地安置在那里，再也没有过客问津。

尽管每次买单的时候，我有很多机会和玛莎搭讪，但是我始终没好意思问玛莎那天弹奏的是什么曲子。蜗牛书吧的张姐告诉我，玛莎是师范学院的留学生，在蜗牛书吧是兼职的店小二。她还是一个酒吧的驻唱歌手，她有一副天生的好嗓音，她的性情优雅又从容，这一点从她弹钢琴的状态里可以感受到。她很喜欢中国的文化，能熟练地使用工夫茶具，还学会了中国的泡茶之道，打算毕业后回国开家茶馆。

其实很多东西都是留不住的，不管是人还是物。电影《岁月神偷》中说"在变换的生命里，岁月，原来是最大的小偷"，许多美好都是不能恒久的，就像蜗牛书吧的玛莎，终于在一段不经意的时光后，在蜗牛书吧再也看不到玛莎的影子了，留下的只是玛莎在钢琴前弹奏的念想。我的第六感告诉我玛莎走了，但是有些时候，人总喜欢打破砂锅问到底。果不其然，张姐告诉我："她已经毕业回国了。或许若干年以后，咱们可以去遥远的国度，喝一杯外国女孩冲泡的中国茶。"

舍不得的终究要在舍得中叹息！

几个月后的暑假，张姐在西班牙留学的女儿回来了，她介绍了我们认识。她的女儿和我年龄不相上下，是个非常干练的小女孩，一回来就能和年轻的店小二打成一片。然而，对于只是经常在蜗牛书吧小坐的我而言，来来往往的人再正常不过，这里每天总有许多平凡的故事发生着。

一日下午，我应一位主编的邀请，定在蜗牛书吧做采访。采访接近尾声时，楼下传来了钢琴声，这音乐正是那天玛莎弹奏的。我猛地冲下楼一看，原来是张姐的女儿在钢琴面前坐着，随着指尖的弹奏，她缓缓地倾斜着身体，虽然没有玛莎那种异国情调的优雅，但是在钢琴前至真至纯的气质是掩盖不住的。

我原想不到，玛莎离开之后，我竟然还能听到这首乐曲。我问她这首曲子叫什么名字，她告诉我叫 *River Flows In You*。后来我才发现，原来蜗牛家的电子名片所使用的背景音乐也是这首。

我在网上搜索这首曲子，有一个版本翻译成中文叫《你永远流淌在我的记忆里》，对于这家书店里发生的故事，若干年后，也会流淌在我的记忆里。

蜗牛书吧的那架钢琴,
安静得就像是读书人那般,
静静地处在一角,
很不经意。

Chapter Two

53

当一座城市夜幕降临，
书店的灯光亮起来了。

你锁了，人家就懂了

一个极早的清晨，这个城市还没苏醒，摄影师周姐说想拍一组衣裳街没有人烟的照片。我问周姐是想拍衣裳街的主街，还是衣裳街临河一带。我的意思是如果拍临河一带，就不必起这么早，不管什么时候，只要是黄金拍摄点，人都不会多，如果是主街就需要赶早。当然周姐选择的是主街。

很多影友说去乌镇、杭州西湖、周庄、凤凰城取景，几乎全都是人头，只有住在景区内，第二天起早才能拍出一些好片。遇到这样的情况，我都会不过脑子地回一句："你来湖州啊，湖州的衣裳街和荻港等小镇，都是原汁原味的江南水乡，特别是荻港，可以说是未被开发的江南水乡！"我每次说这句话的时候，都被影友们当成了"推销"，而我心底却有个声音在说："假如若干年后，这里被开发了，此刻的行为当真是在推销了！"

一大早，人烟稀少的衣裳街主街，店铺都关着门。周姐说还是临河那条街好，主街的建筑太过于翻新，拍出的原片没有什么内涵。其实这句话道出了我的心思，这也是我喜欢衣裳街临河一带的原因，越古老的事物，仿佛他们的故事越多，就像蜗牛家这样。

忽然想起了一件事。那是我刚来湖州的时候，一个人在衣裳街的一条巷子里面转不出来了。看着高耸的江南建筑，沿着那白色院墙，我索性将错就错，随着小巷慢慢地走。看到"钦古巷"三个字，再往前走，原来是自己常来衣裳街的临河一条街，抬头欣然发现有"蜗牛书坊"四个字的木头牌匾映入眼帘，此生第一次发现迷路竟然可以这么美好。

虽然说，如今在衣裳街的诸多巷子我早已是轻车熟道，但是我依旧怀念那种曾经在衣裳街迷路的感觉。想着想着不觉步伐慢了，周姐问我是不是起得太早，还在这里发呆。我忽然从出神的状态回归到此情此景，正想说要不要进蜗牛书吧喝上一杯拿铁，却发现在蜗牛书吧的侧门上挂着一把锁，再看看眼下的时间，七点过一分，对于湖州这么慢节奏的城市，能有几家店铺营业这么早？

　　一座城市生活节奏的快慢，可以从街上行人的脚步看出来。一家书店展示的情怀，可以从书架的陈列看出来。然而，一位读者与一家书店的情感，在一次次的来访之后，渐渐加深，假如一家书店的门被锁上了，你会想到什么？

　　如果想要诗意的回答，估计自己也算江郎才尽了，充其量只能想到木心的《从前慢》："你锁了，人家就懂了"。我知道此刻从广州来湖州取景的周姐不会懂我这种心情。

　　周姐意外地发现，蜗牛书吧在临河一条街的正门是开着的，她像小孩子一般，脖子上挎着相机在那里蹦蹦跳跳。我也甚是觉得奇怪，蜗牛书吧怎么会这么早开门。我跨入蜗牛书吧的咖啡区。屋内没有开灯，早晨的阳光从玻璃窗外射进来，虽然自然光还是没有灯光通明，但显得一派暖意。我看了看对岸的那堵墙，墙上的十个字"炊烟起了，我在这里等你"，在没有灯光之下也非常显眼，若换成是别的时间段，很难在蜗牛书吧看到这样的景象。

　　更准确地说，我是先看到从玻璃窗射进来的晨光之后，然后才看到张姐的。她在吧台弓着腰，低着头清洗茶具，就像是我诧异蜗牛书吧怎么这么早营业一样，张姐也同样对我的早到感到惊讶。

　　我告诉张姐是为了赶早来衣裳街取景。张姐说："何必赶早呢，晚上直接住蜗牛家，第二天早起不就得了！"张姐提建议的同时，还告知是因为客户赶早退房，所以蜗牛书吧今天的门开得这么早。

　　不知道你会不会有这样的同感，在生活中，你总会发现有些人跟你会有举手投足的同步，甚至说到某句话时也能异口同声。我和张姐在吧台前合拍地对话，一旁的周姐问我们怎么这么默契，其实这样的话我老妈也说过。不过老妈事后告诉我，每次见到我和张姐聊天的时候，那股默契劲儿，都令她有些吃醋了。而且她还不止一次地说起。每每听到老妈如此说，我心中莫名地泛酸，这股酸不是吃醋的那种味道，毕竟我是她的儿子。从另外一个角度出发，或许她不了解我对书吧的另外一种情结，这种情结包含着作者、读者和书店人。

　　我跟张姐的这股默契并不是与生俱来的，许多方面都是细节处见她的情怀。这几年，但凡是我常去喝茶的地方，我都会在那里留下一套自己心仪的茶具，仿佛是私人订制一般。曾经有人问我：“这得是多深的情谊和信任，方可有如此行为？”而我却不经意回答：“不是情谊也不是信任，而是给自己找更多的地方可以安安静静坐下来，用自己熟悉的东西，用着顺手安心。”当然，蜗牛书吧就是其中的一家。

　　就是这么一套茶具，曾让张姐紧张过一次。有一次，我们相聚在蜗牛书吧，桌上几个人都是张姐认识的朋友，并且也各自带上了自己的茶。店小二忽然找不到盖碗了，我建议用蜗牛书吧的茶具应急。事后店小二还是想不起盖碗放在了哪里。张姐得知后，立马在前台翻箱倒柜地找，我说不过就是一个盖碗，是消耗品，不要太执着。张姐却执意要找。看着张姐慌慌张张的样子，一改她往日在吧台弓着腰，行云流水般作业的状态，顿时我觉得心有不安。终于，在吧台的角角落落之间，张姐找到了米白色的盖碗。原来是早些日子，他们怕盖碗放在明显处会被摔碎，才小心翼翼收藏起来，以至于藏在了哪里都忘了。

从她慌慌忙忙的样子，到找到盖碗立马释然的状态，这么一位"老文艺"的书店人，莫名地烙印在我的内心深处。自己的一个器皿在他人眼中会如此重要，不由得从这些细节处看出一个人的情怀。我想一个人愿意将自己的一颗心安放在这里小坐，可能不仅仅是环境带来的安逸，更多的是因为环境背后展现的一种情怀，或许在角角落落之间，这些情怀的气息与你不谋而合。

我告诉周姐，晚上就在蜗牛书吧住下来，等来年再到湖州的时候，还不知道能不能在这里喝咖啡了。或许，我让周姐住下来，是多留一些念想。忽然觉得我的那套茶具能锁在蜗牛书吧里是何其的幸运。我时常告诉张姐，如果有懂得喝茶的人来蜗牛，就把我的那套茶具拿出来使用，这样也能体现出它的价值，也算是我的一份随缘供养。但张姐就是不肯，似乎认定了这套茶具是为我量身定做的，如果就这样随便给到别人使用似乎有些不妥，而且她怕用不惯茶具的人给摔碎了。细细想来，估摸着是我曾经告诉过张姐，在我看来，一套茶具是可以与沏茶人对话的。当你熟悉这套茶具的时候，拿在你手中的这套茶具的质感和手感，所承载的量，以及在手与茶具接触之时的用力点，都能时时刻刻了如指掌。这就是沏茶人对器皿所承载性能的懂得与驾驭，就像之前张姐教我如何喝拿铁那样，懂得顺应才会简单！

可是在这里，用这套茶具也没泡过多少次茶，张姐便告诉我蜗牛书吧要转让了，纵然在这里事无巨细地做到开源节流，但无论是收入还是精力，蕴含在其中的投入太多太多，早已经入不敷出。

渐渐地，我不用这套茶具泡茶了。每次来蜗牛书吧，我都有意回避这套茶具，我在回避这套茶具的同时，总会有拿铁随之而来。这两者从来不会同时出现在台面，终究需要二者选一，在舍得与舍不得之间徘徊。很多时候，张姐会亲自为我沏茶，并拿出寇丹老前辈的牡丹白冲泡，一款白茶在立春隐隐约约的冷空气中，平添了几分暖意。

张姐告诉我，蜗牛书吧将更名为"安定书院"，依然是书店和书吧的形式。她会尽最大的努力，让书店的灯光一直亮着。虽然我还是喜欢蜗牛这个名字，最后也因为铁打的现实而释然了。

原想着这套茶具没用多少次便要离开这里了，但冲泡了一盏白茶之后，蜗牛的主人却告诉我，下一站叫安定。这些年，听着张姐的故事，从席殊书屋到蜗牛书吧，从 2001 年到现在，张姐的速度就像是蜗牛的名字一样慢，慢到了江南的车水马龙都与她无关。她的慢，酿成了一种温暖的情怀。以至于来来往往有缘的过客都愿意在蜗牛这家小店停下，然后坐下来翻阅一本书或品尝一杯咖啡。

当张姐把"安定"二字告诉我的时候，我想蜗牛的速度再慢，最后也能"安定"了。我的这套茶具不知道是否能同蜗牛书吧一起迁居到安定书院，在那里，作为这里曾经的过客，我可以给你讲讲"炊烟起了，我在这里等你"的故事。

老人与茶

有一个人,我认识他的过程非常有意思。

我第一次知道"寇丹"这个名字,是在一本杂志上。刚好我也是这本杂志的长期供稿人,而且我发现一个特别有意思的现象:好几期杂志只要刊登我的文章,寇丹的文章也会刊登在同一期。

时日一久,我便注意到这位女性作家寇丹的文章,"她"的字里行间透露着被岁月打磨的心平气和,一点都不让人觉得有指点江山的感觉。

后来才知道寇丹并不是女性,而是一位早已进入杖朝之年的老人家。如果不是因为来到湖州,在湖州办了一场读者见面会,我也不会从张姐那里得知寇丹老前辈居住在这座城市。有些时候,人活着就是一场充满巧合的戏剧。我第一次刊登在湖州本地报纸上的活动新闻,没想到报纸对折版面的另一半,竟然是寇丹老前辈的专版。张姐笑着说,我们掐上了。

去拜访寇丹老前辈的机缘,也是张姐一手促成的。毕竟是八十多岁的老人家了,一副长开的相貌,眼神深邃的他像是早已看明白了许多事情。这位老前辈告诉我,他有讲不完的岁月故事,肯定很动人。似乎一切人和事对于寇老前辈而言都已宠辱不惊,也只有经历了许多事的人,心胸才会得以历练,说出来的话也才显得如云似水。一个人的相貌长得庄严或美丽并不是稀奇之事,但是相貌长开了,确实是一种胸怀,至少我认为寇丹老前辈就是如此。

因为是年纪大了的缘故，寇丹老前辈说话的声音显得有点轻微，但是他的声音在整个空间的渗透力还是非常强的。寇老前辈聊天时的敏捷思维，仿佛和他的年龄有些不吻合，根本不敢想象他是一位八十多岁的老人家。

老前辈好客，当然我是属于冒昧拜访的那一类。尽管如此，老前辈的那杯茶分到大家面前，根本不会厚此薄彼。原以为茶人界泰斗级的他会有很多讲究，不想这杯茶从老前辈这里倒出来，竟然不加以任何修饰，就这样平淡无奇地递到了我的面前。或许是因为关于茶道雅集的相关书籍看多了，那些附庸风雅的东西竟然成了自己的一种毛病。当下一杯返璞归真的茶，用心品尝的时候，才发觉竟然有一杯质朴的茶与水，在用心地沏就。

人间有味是清欢，味道如人心越久越淡。人们常说禅茶一味，但是具体哪一味估计没有几个人能答得上来。我的理解是，只有经历了人世间的百味人生，包容和淡然了一切，才是最后的一味，这一味接纳了世间百味，将世间百味品到平平淡淡、返璞归真，便是禅茶一味的意趣所在。人其实和茶是一样的，不同的人沏出来的茶，味道也截然不同。我相信水是世间极具灵性的东西，它能把你的心思全然通过味道表现出来，有些人喜欢旁逸斜出，认为精美的茶具和冲泡的工艺能掩盖住自己的内心世界，其实这些都是多此一举。看着老前辈的茶桌，我的心思全然交付于无可雕琢的杯盏与茶水之间，觉得传说中的大师人物，不平凡的地方就在平凡之处。

老前辈有一个本子，会邀有缘之人在他本子上写下自己想写的东西。我知道老前辈对我是一种抬爱，心中也有些许的不好意思，但深知推不过去，便也不自量力地写上了那么一句："以茶供养寇老师，欢喜自在，如月清凉，清净无净，静水流深"。这是我最喜欢的十六个字，我觉得心底美好的东西，回向给懂得的人是一件非常欣慰的事情，所以我毫不吝啬地祝福了。

说到茶这一块，寇老前辈轻描淡写地说："倒来倒去都是道。"

他的话非常有意思，有种世外高人的感觉。他说完这句话，便再也不谈关于茶的任何话题，而是谈天说地，无不欢喜。他问我喜欢什么字，要送我一盏茶壶，上面刻上我喜欢的字。老前辈的慷慨让我受宠若惊："寇老师抬爱，晚辈怎么好意思？"

不想老前辈竟然娓娓道了一句："小师父，有什么不好意思呢？不好意思说明你心有挂碍，心无挂碍的时候，哪会不好意思呢？"直指人心的一句话，一如水那般柔和到无孔不入，但是又具备滴水穿石的那股渗透力和穿透力。

不愧是经过长久岁月的人。有些人故作坚强，但是他坚硬的外壳让人无法亲近，似乎他们的坚强是给别人看的；有些人过于柔和，以至于半点韧性都没有。坚强的人就像穿石水那样具备渗透力，柔和的人太过于柔和，以至于失去了力道。很难有人同时兼具水的这两种状态，但是老前辈兼具了，而且像水一样，柔和到滴水穿石。太难能可贵了。

最后，我还是没想好写什么字，陪同的张姐说"你下次想好再补"，当然这是一句玩笑话，但是我当真了。

或许半年之后，老前辈见到我会问"小师父，你想好没有"，我会说"还没想好"；或许一年之后，老前辈还会这么问，我依旧这么答；也或许是五年之后、十年之后，老前辈依旧如此问，我依旧不改言辞，如此回答。

岁月悠长，愿寇丹老前辈如月清凉，化作菩萨模样。

我害怕在一座城市中生锈

我在蜗牛书吧和张姐忽然聊起了广州，张姐说她不愿意再来广州。得知缘由之后，才知道是在20世纪90年代，张姐来广州旅游，照相机被人扒了，并且见证了街头抢包的一幕，导致她这么多年一提到广州便心有余悸。殊不知，身在湖州的她，恐怕还不知道今天的广州早已不是当年的那副模样。与张姐不同，谈起对广州的记忆，我不愿意多说。我总觉得，有些故事是可以与大家分享的，而有些故事，恐怕总会有难以启齿的地方。在我的内心深处，或多或少有几分情绪和情感在内，包裹着自己弱小的肉体。

对于广州的记忆，挥之不去的便是寒假南下的经历。那时候，似乎每年最大的盼头，就是等寒假的到来，同表弟等人买南下的火车票。然后，十几个小时的舟车劳顿，从河南信阳直奔广州火车站，只为与老爸团聚过年。

那时候的广州，虽然只是路过，但只要出了火车站，看到火车站广场建筑上面"广州"二字的时候，仿佛就见到了老爸。这两个字，在某种意义上等同于老爸的分量。尽管老爸是在广州周边的城市工作，但是对我而言，能让我觉得一年一度团圆的时刻，就是从看到"广州"二字开始的。

那时的广州是如此的简单。我刚步入社会工作时，记得也是在寒冬，来南方不是为了年的团圆和亲人的团聚，而是像老树扎根一样，打算长年定居在南方。直到我大包小包地出了广州火车站，看到火车站标志性红色的"广州"二字，我知道自己再也不是学生，而是这一方的寄居者了。

我人生第一份工作的城市是中山。当年还是学生的我，老爸让我体验勤工俭学，从超市的防损员到光学工厂流水线的检验员，再到工作后，维持两年之久的银保业务工作，其间多次与广州结缘，包括对文字的爱好，也是从业余的写作，终于发展到在广州担任起一本杂志的副主编。这个城市相比中山而言，真的好大，大到让我感到害怕。每次公司开会的时候，看着这个城市林林总总的一切，都觉得畏惧。因为业务的不稳定，心底认为这样的城市不能给我带来安全感，甚至感觉这个城市能够包容一切，就是包容不下我。

对于那时的我而言，广州再也不是与家人团聚的象征，而是我要在这个城市为工资奋斗，为交房租拼搏，为有更好的交通方式，然后拼尽全力地展示青春年少的激情与活力。

人有梦想终究是好的，但梦想一旦完成，却是一件非常残酷的事情。每当我说这话的时候，总会有人认为我站着说话不嫌腰疼。

2015年9月5日，我结束了为期两年半在广州定居的日子，刚好这一天是我的生日，同时在广州一年一度的南国书香节上，有一场我的新书发布会。

发布会的时间在一个月前就已经定下来了。不巧的是，这一个月发生了太多的事，因为长期为杂志采编稿件并且高强度的作业，加上长期失眠，最终让我卧床不起。在医院最初确诊为肠道感冒，可吃药就是不见好。后来因为杂志结缘浙江湖州的慈满大和尚，在众人的关心之下，我被接到了湖州医院检查，加之中间又出现了误诊的情况，最后中西结合诊断，才查出我得了社区获得性肺炎。因为吃错了药，导致出汗过度而缺钾，每天都会不定时地高烧，病上加病，不得不在湖州住院治疗。

在病床上本不应该费心操劳，安心养病才是首要任务，但是因为自己好强，习惯事必躬亲，我躺在床上输着液还不能消停，核对着杂志的排版设计，肩膀和耳朵之间还夹着手机与美编沟通着细节的问题。那一刻，这般不自量力，只为自己对文字、对纸质的喜爱。

终于挨到了可以勉强出院的日子，也就是南国书香节活动的前一天，我拖着羸弱的身子，从萧山机场飞回了广州。并且在当天，我做了一个令身边所有朋友都讶异的决定——我果断地辞去了杂志副主编的职位，然后到湖州这座城市定居。

当自己的爱好成为职业的时候，或许你所擅长的一面，在没有好的平台和他人认可的前提下，就像是人的第六根手指一样多余。有点像俄国契诃夫所著的《三姊妹》。姊妹三人住在莫斯科附近的一个小地方，她们共同的愿望就是想去莫斯科，可就是去不了。她们三人当中的一人，通晓六国语言，但是在这么一个小地方，毫无发挥的余地，虽然懂六国语言，对于她而言如同第六根手指一样是个累赘。那一刻的我，身心都还在广州，所面对的一切正如契诃夫笔下的第六根手指那般多余。想想第二天的新书发布会，是我整整做了七年的梦，这个梦终于实现，但是此刻的实现忽然觉得不是自己想要的。

病去如抽丝。发布会当天上午，我再度高烧，在这样的情况下，自己独自一人做了两个小时的专题讲座。那天参加我新书发布会的朋友很多，其实大家也都知道，这场活动为我送别的因素远大于发布会的内容。加之当天是我的生日，这场发布会办得别有意义。活动结束之后，趁大家不注意，我快速地坐上了朋友的车，奔往白云机场。之所以这般决绝，因为我见不得离别的场面。

这一刻，梦是圆满了，而且是在自己二十三岁的生日当天。可是我就是有种难以启齿的感觉，觉得在圆满的同时，离别的场面也如影随形，我想起了弘一法师临终前写的四个字"悲欣交集",大抵就是这种感觉了。

　　车在往前行驶着,我脑子里的记忆在随着时光倒退着。以前,我带着摄影师在广州的每一个区东奔西跑,祈求能挖掘出另一种视觉的广州。可是在这两年的时光之中,虽然我写了很多关于这座城市的人和事,但是终究不能说服自己,这就是广州的模样。可是此刻,为什么临到与广州挥手告别之际,才发现这个城市好美。美到扑朔迷离,美到无言以对。老子说"信言不美,美言不信",是不是就是一种难言的感受,是不是就是我当下的这种感受?

　　人生真是一场闹剧,以前为了丰富杂志内容,去外省拍摄取景的时候,总会在白云机场晚点,但是这一次离别的航班,真是准时到让我难以置信,似乎想多在广州逗留一会儿都不行。

　　一方水土一方人间,江南和岭南果真大不相同。病中静养的时日,倒是岁月静好。一旦身体力行,就发现湖州这个城市的节奏相比广州而言,简直是慢了许多,对于一个曾经高节奏生活的人来说,忽然来到这样的环境之下,真是有种百爪挠心的痛苦。说来人真的很奇怪,在广州这样一线城市生活的时候,总是向往慢生活的节奏,当真正拥有这种慢节奏的生活方式后,反而觉得还是以前的好。这种围城心理,不管任何时候都是心系两端,究竟是自己的不安分使然,还是人的欲望无法满足使然?

　　直到一年之后,我再次回到广州办新书发布会,下飞机那一刻,我有种天旋地转的感觉。倒不是因为晕机,而是看着川流不息的车辆,忽然有种拎不清的感觉。我忘记了地铁的速度,忘记了红绿灯的拥堵,忘记了天桥两边密密麻麻的楼房,甚至忘记了背后来来往往的人潮涌动。我用了两天的时间,才渐渐适应广州这座城市的节奏。一年的时间,不经意的一次转身,虽然不是沧海桑田那般无常,但此刻身为过客的我，难免有些失意，有些许的心酸。

见到阔别一年的朋友，也感觉无话可聊，似乎经过这一年的时间，再也没有之前的那股冲劲，聊什么话题都是懒懒散散，极其缺乏斗志。我先是惊讶，几天的沉思之后，豁然开朗。原来在湖州这样的慢节奏城市生活，就像是一根钉子正在慢慢生锈的过程。钉子似乎很享受这个生锈的过程，殊不知自己的价值随着锈的全身覆盖，最后会变成废铁。生活在这座城市，有时还真怕来不及年轻就老了，真怕本应该身体力行的岁月，却变成了老气横秋的状态。

原来一座城市到另一座城市，是一种如同钉子生锈的变质过程。这座城市在变，其实你随着这个城市的变化也在变，只不过自己不知道而已。一座城市一个人，一则故事一段时光，虽然身不在广州，但是并不代表广州的一切都与我无关。我总是会在不经意处，通过各个媒介听到广州那些熟悉常见的故事。

几天前，我从微信的朋友圈得知越秀区的一家斋菜馆已经搬迁了，心思顿时恍惚，竟然没有勇气和发此消息的朋友微信互动。

唯有美食和时光不可辜负，可广州这座城市的变迁，终究是辜负好多念旧的记忆。别人都说"玩在杭州，吃在广州，死在柳州"，在广州关于吃不仅仅只是吃出美食的滋味，还有对美食的那份感情。

记得在广州的时候，每逢初一，身边的朋友问初一吃素去哪儿，基本给到的答案都会是某素菜馆。这家小本经营的素菜馆，并不是什么高大上的饭店，就连地理位置也是在一家菜市场的小巷子里。而大家对它的认知和情怀，却如同它的名字一般如云似水。

2013 年，我初来广州定居时，就听说这家素菜馆的年龄已经老大不小了。我对这座城市的认识也是从这家餐馆开始的。举目无亲的当下，也是在这里一次次吃素食之后，结识了一帮来自社会各个角落的志同道合的朋友。这家餐馆就如同广州这座包容性强的城市一般，接纳了五湖四海。

我记得第一次生大病去医院，送我去医院的周秀月也是从这家素菜馆认识的；我记得在广州学茶道的李老师，也是结缘于这家素菜馆。以至于后来我在杂志的"文海禅心"专栏特意开了禅茶的板块，也是以此因缘，芳村茶叶市场成了我常去的地方。我记得来广州后，第一次有远方的朋友来看我，也是把他们带到这家素菜馆。他们认为广州这座城市真好，不愧是一方吃的天堂。

在味觉和知觉之间，这座城市和这家素菜馆都承载了我太多的情感；在不经意地咀嚼之间，自己对这座城市也不知不觉产生了依赖。一家素菜馆不过是客来客往的地方，一旦在味觉之中注入感情的味道，那将是过客和往事的一段追忆。

有时候，对一座城市的了解，并不是坐标的指向，而是曾经熟悉的味道和街道。一座城市变迁得太快，一次不经意地离开，可能再次回来之后，很多东西都不复存在。不仅仅是一家素菜馆如此，还会有更多曾经装点这座城市的事与物，会被逐渐更替，直至不复存在，让你措手不及。

我在想，下次回来广州，是否会有一家新的菜馆能让我有这般时光知味？

You're Only Young Once

68

Chapter Two

你的逆行是从什么时候开始的？青春期的叛逆？还是挑战父母对你的规划？还是想来一次任性的辞职去往远方？与逆行相反的是顺行，一念之差的区别，我们的可能性就会变得不一样。譬如我们驾驶着汽车在这个城市，想用超速的行为排解内心的束缚；我们在遥远的西藏徒步朝圣，与身体的极限逆行；在人际交往中，我们事与愿违，开始妥协一些坚守，与自己曾经的坚持逆行；在夜深人静的时候，我们还在忙忙碌碌加班加点，与自己的身体健康逆行。或许面对这样的现象，我们懂，彼此之间又不懂，抑或是因为我们逆行的行为太多了，以至于忘了方向。逆行，有时候不是反方向，而是该转弯了！

You're
Only Young
Once

CHAPTER
THREE

这 我
里 们
是 在
　 逆
　 行

分水岭 / 委婉的你我 / 一辈子瞎着过才长久 / 试探 / 边缘化 / 人心一样平
早晚遇见 / 无有恐怖 / 不同的标签 / 逆向 / 该转弯了 / 请站起来小便

分水岭

安静了许久，有一段时间没有和朋友联系了，仿佛那段时间我从人间蒸发了。一番养精蓄锐之后，我在微信上公开了一条信息，告诉大家我还活着。

这一冒泡不打紧，马上就接到了几位朋友的电话，其中有一件事情最令人头痛，一位叫雅的朋友极度抑郁，想到广州找我聊聊！

从中山到广州虽然只有一个多小时的车程，但是对于雅而言，安静的她足以觉得广州是在千里之外。这般折腾，可见最近她的生活是多么的踌躇。

雅是一个非常冷静且理智的女性，有时她的理智多半来源于敏感。

她见我聊的第一句话就是和男朋友分手了，他们已经交往四年之久！雅的踌躇在我的预料之中。

我没正面回答雅的话，而是很坦白地说："你不是想找我聊天，而是需要一个宣泄的出口，而我是最合适的人选！"

雅愣了，她完全不知道我在说些什么！依我的推测，如果我让雅继续说下去，她无非就是说男朋友如何不好，如何对不起自己，自己如何难受！所以我阻止了雅继续往下说，因为我懂得替别人排泄垃圾的同时，不能让自己的心灵被没必要的污秽给玷污！

在聊天的过程中，雅聊到她这段时间的状态，总是会谈到一个不相干的人，这个人便是她男朋友的妹妹。关于这些抱怨，我觉得雅没有说到点上。

我问雅："你和你男朋友的妹妹在一起多久了？"

雅说："他妹妹来看他，在我这里住了个把星期！"

我很惊讶："个把星期的时间就促使你和男朋友分手了？"

雅点点头，说："我很烦他们。什么都不管，整天像死人一样，我早就有些不乐意了！他失业了不要紧，关键是每天我下班回来还要照顾他们的一摊子，连他妹妹都觉得理所应当，我现在想想都后怕！"

我目光坚定地看着雅说："你男朋友的懒其实是你最喜欢的，此刻之所以对他的懒反感，其实是因为你宣泄错了对象！"

雅说："但是我现在就是烦他，此时此刻我看不到我俩的希望！"

我摇摇头说："雅，虽然你很理智，但是你的理智并不意味着你能清楚地知道自己要的是什么。你把对你男朋友妹妹的反感嫁接到你男朋友身上，你从男朋友妹妹的身上提前看到了他们家的家风。或许是因为家庭氛围的差别，让你觉得自己格格不入，导致你不知所措！"

雅似乎认可了我的说法，但是她还有话要说，于我而言其实她没表达的必要，我把话说在了雅的前面："你想想，当初公司那么多男性，你为什么选了他？"

雅又要开口说话，在她说之前，我已经想到，她会说那时候不了解他或者是看错了眼等借口。果不其然，雅就是这么答的。

"既然这个人这般不值，为何你又对他念念不忘呢？"雅不承认，我问雅："你当下的这颗心里全都是你男朋友，为什么要和他分手呢？想想初识的时候，你们的快乐，正是因为你们的简单。但是现在的你呢？变了，变得要求多了，当没有做到足够的接纳和容忍，你付出的所有感情都不值一提。其实，你的烦恼都是自找的！"

雅的态度转变了，问我："那我应该怎么做？"

我说："成熟一点比什么都重要。有时候爱一个人不仅仅只是因为他的优点，也有可能是因为他的缺点，也符合了你的审美！但是生活和审美是两条线，落实到生活的时候，过日子不是舒坦，如何舒坦才是需要我们考虑的，这里面包括了人与人、人与物之间的适应与接纳。一个人的成熟取决于怎样理性对待问题和怎样解决问题！而你的问题就在于你做不到接纳，同时，你把情绪转移到不相干的人身上，自己却独自难受！"

雅对我所说的话感到很惊讶，因为她表达不出来的情绪，却被我一针见血地指出来，作为旁观者的我，对于她表达上的不达意，我只要找到不达意的分水岭即可，人和事，往往都是如此。

还是要且行且珍惜，因为有些人一旦错过，真的连回头的机会都没有了！

Chapter Three

有时候,
该交叉的事情,
我们却端着一种看似平行的态度去应对;
不该保持距离的事情,
我们却喜欢旁逸斜出。
很多人分不清错过和过错,
以至于本末倒置。

委婉的你我

这个故事是我在一场读者见面会上听来的。

有一对老夫妇,共同经历了一辈子风风雨雨,却要在人生的晚年闹离婚。听到这则故事后,我认为很好笑,觉得这对老夫妇真是好意思,老得跟国舅爷似的,还好意思说年轻人的话。

当然,主动提出离婚的是老太太。两人经常为了一点点小事情而吵架,有时候甚至冷战好几个星期。老头脾气好,任老婆子怎么闹,都是点头哈腰,不改初衷。

俩老的儿女也为此事头痛了好几年,他们根本找不出父母不睦的原因。他们很纳闷,老爸脾气那么好,又是那么体贴,为什么老妈要提出离婚?

终于有一天,俩老看到了一座寺院,决定要找寺院的师父,来判定这件事情谁对谁错。

老太太见到师父的第一句话就是"我要和他离婚"。凡事都需要缘由,师父问起缘由之时,老太太说:"你问问他,我到底是为了什么要离婚!"

老头一看就是在家说话没分量的主儿,师父看着老头那种忍气吞声的样子,就明白了俩老的问题都不是问题。

师父问老头:"老人家,您爱人都要和您提出离婚了,难道您做了什么让爱人伤心的事情吗?"

老头回答说"不知道",老太太此刻眼珠子都瞪大了。

师父接着问老头:"你俩都这把年纪了,是你们的生活习惯还没相互适应,还是您偷偷瞒着老伴做了些什么?"

老头回答说"没有啊",老太太的眼中却充满了怒火。

师父问:"老人家,那我就直接问了,您有婚外情吗?"

老头赶紧摇头说"没有",此刻老太太按捺不住地说:"我怀疑他有问题!"

见老太太似乎有难言之隐,师父不由问:"老太太,您是从什么时候开始怀疑的?"

老太太不假思索地说:"十多年了!"

"为什么?"

老太太说:"他这一辈子都没有对我说声'我爱你'!"

师父开始传道解惑了:"老人家哦,别谈离婚了,多伤感情啊,老伴没有对您说声'我爱你',并不代表他不爱您啊。老太太,您看您这么盛气凌人,但是您老伴还是千依百顺地迁就着您,可见您是多么的幸福!"

老太太不相信地说:"真的吗?"此时,老头讷讷地说:"不好意思我打断下,其实我说过!"

老太太立马跳起来指着老头,对师父说:"师父您看看,他在您面前都敢打诳语,可见我要和他离婚是对的,都骗了我好多年!"

老头说:"我以前对你说过'我爱你',可是你却说我太肉麻,是因为在外面做了亏心事,才来讨好你,搞得我后来都不好意思说了!"

老太太咄咄逼人地问:"那你为什么还要跟我在一起?"老头很无辜地看着老太太说:"那时候我们生活得多简单啊,我就喜欢你这脾气!"

老太太听到这句话,看老头的眼神瞬间变得柔和了,然后说了一句很不符合年龄的话:"讨厌,是你在撒谎!"说罢,老太太拎着包就走了。

老头看着师父,甚是不好意思。师父说:"女人啊,嘴上天天挂着离婚,其实心里未必是这样想的,其实我们都是口是心非!"

这则故事让我特别感动。含蓄,永远都是中国人对感情最常见的态度,有时候我们明明是这样的,但是口头上表达的却是那样的。

就像那对老夫妇,在物资匮乏的年代,两人能简单地相爱,但是等到晚年丰衣足食之际,对彼此的要求却更多了。虽然两位老人家彼此之间是幸福的,但是他们的幸福未免表现得太过繁琐。曾经在一堂培训课上,老师拿出了两张照片,给我们对比小孩的内心世界和大人内心世界的不同之处:第一张,一个哇哇大哭的小孩拿着自己的照片,照片中的自己是笑的;另一张,一个微笑的大人拿着自己的照片,照片中的自己却是哭的。

大人和小孩脸上的哭与笑,代表他们外在的情绪表达,而照片则代表着他们真实的内心世界。通过这两张照片的对比,我们不难发现,小孩虽然在哭,但是他内心的需求是简单的,所以他是幸福的;大人虽然在笑,但是他内心的需求是永无止境的,所以他们是痛苦的。

小孩如果喜好或讨厌一件事物,会通过他们的情绪表现出来,毫无掩盖;但是大人却不一样。或许是生活给大人的脸涂画上了一层光怪陆离的色彩,让我们难以分辨他的喜好。

我爸就是如此。

早年我和老爸一向意见不合,只要在一起,要么是不说话,要么是争吵不休。有时候我试着去调节我们之间的关系,但是每次见到我爸那盛气凌人的样子,我的这个念头便打消了。

有一次,我去外面谈业务,客户只会讲韩语,所以我便邀请了公司另一位会讲韩语的团队伙伴一起面谈。那天,我们在会展大厅畅聊的时候,忽然看到老爸带着客人也到了会展的场所。看到老爸后,我甚是惊讶。

半个月后,忽然从姑妈那里传出我有一位韩国的女朋友的消息,让我百思不得其解。如果不是姑妈兴冲冲地说我爸逢人就讲他有一个牛掰的儿子,女朋友都是讲韩语的，我险些要刨根问底寻个究竟了。

　　我很难想象，平日骂我瞎混、不稳定、不踏实地找一份铁饭碗工作的老爸，在众人面前吹嘘他儿子是多么的牛气，那得意扬扬的举动会是什么样子的呢？有时候我们明明想以平和的方式解决问题，但是"现场直播"的时候，却会毫无疑问地出现错误，离自己的设想相距千里之外。

　　有时候想想，真是我们的口是心非在从中作梗，如同那场培训课所表达的，孩子之所以快乐是因为他们简单而直接，而我们之所以烦恼，是因为我们太复杂，也太委婉。

一辈子瞎着过才长久

我喜欢爬丹霞山的长老峰，爬往峰顶的坡度据说有八十多度。

对于爬长老峰而言，我已经非常老练了，不像游客那样，还要拉着铁链子，小心翼翼地攀爬。许多游客在长老峰半山腰因怕高而嗷嗷大哭，可能很多路人会觉得好笑，可对于我而言，已经不是什么新鲜事了。

有一群游客，在长老峰的半山腰与我相遇了。其中有一位大姐，是这群游客中拖后的一员，也是这群游客中唯一的女性，其他都是中年男性。

当时，这群老大爷们都爬上了长老峰斜坡，大姐体力有些跟不上来，一边紧紧地握着铁链，一边慢慢地攀爬着斜坡。大姐爬了一段路，忽然回头往山下一看，看到自己如同置身在悬崖之上，瞬间一声"妈啊"，然后摆出一副小姑娘要哭的样子，让人觉得是本色流露。

和这位大姐并排的我，将她的一举一动都尽收眼底，再抬头看看已经爬上斜坡的那群人，只见他们正坐在两边欣赏着丹霞日落的美景，其中有一位老大哥朝着大姐傻笑，想必是大姐的老公。

大姐开始后怕了，不敢再继续向前，她冲前方的老大哥嚷嚷道："你这个死没良心的，还不快点下来救我！"而老大哥却并没有要下来的意思。

大姐一副哀求的样子："你快啊，快来救我啊，我要死啦！"

没想到引来顶上的老大爷们一阵哄笑。

着急的大姐上也不是，下也不是，不知所措的样子确实让人觉得好笑。大姐恨恨地看着顶上的老大哥，开始了女人的嘴碎："二十年前，我不知道是哪只眼睛瞎了看上了你？今天才倒八辈子霉！"

我立马把头抬起来，看着顶上的老大哥，而大姐的这席话也再次引起大家的哄笑。大姐吓得彻底哭了。大姐的流泪既是因为老大哥的不管不顾，也是因为畏惧这长老峰八十多度的斜坡，便是在为二十年前的事情后悔……

我实在是按捺不住了，快速攀爬几个台阶，和大姐之间拉开距离，说："大姐啊，你就知足吧，这么好的大哥你还不满意啊！"

"男人都是这样，良心让狗吃了！"大姐一棒子打死一群人，不住地强调。

我连忙补充道："大姐啊，你以为这还是二十年前啊？二十年前你是一位如花似玉的大姑娘，只要你在这里哭一下，别说是大哥，就是这群大男人，都会抢着抱你上去！"

顶上的老大哥听到我这句话，乐开了怀。

大姐倒是理直气壮，一边攀爬，一边和我争论："所以我说我当年瞎了眼！"

"大姐，二十年前不管你嫁给谁，今天你爬这长老峰，都会瞎了眼！知足吧！长久之计就是将错就错！"在这调侃之际，大姐已经爬上了山顶。

大姐那会儿还在抱怨二十年前瞎了眼，这会儿，在爬上来的那一刹那，老大哥把手伸了过来拉了大姐一把，然后两人并排坐下一起看风景。

我知道，或许直到今天，大姐都不会知晓她是如何爬上长老峰的。但是有一个答案我是敢肯定的，大姐口中的瞎了眼，不仅是一句抱怨，更是一句爱的控诉。

到达坡顶的大姐，休息了一会儿，再也没有抱怨的话语，而是和别人有说有笑，仿佛爬坡那会儿的深刻领悟也不复存在。我不知道大姐是否在别的场合也说过自己当年瞎了眼，也不清楚为什么听到大姐说自己曾经瞎了眼时，大哥会怡然自乐。总之，像大姐这样的女人，有很多，诸如我妈这一类的，她总会对两个人说瞎了眼：对我爸说，当年我怎么瞎了眼嫁给你；对我说，当年我怎么瞎了眼生下你！

韶关丹霞山

Chapter Three

很多年以前，
我常听老妈说：
我怎么瞎了眼嫁给他；
我怎么瞎了眼生下你！
很多年以后，
我老妈过得很幸福。

摄影/玖叁拾年

试探

我有一位茶友圈的朋友,告诉了一件令我非常震惊的事情——她要离开这座城市,不再进入茶业市场。

当我听到这个消息的时候,第一个反应就是觉得不可能,因为我深信这位朋友对茶有着不一般的热爱,除非遇到非人力克服的障碍,否则她不会放弃茶业这一行。我试图约她见面,想了解她做这个决定的原因。

也只有两个月没有和她见面,她整个人憔悴到让我觉得可怕。曾经的她,对生活点滴要求甚是严格,让一般人无可理解,而今坐在我面前的她,两眼无神,无论是衣着,还是整个人的精气神,都像是泄了气的气球,皱皱巴巴。

我关心地问她是不是病了,她说除了失眠,身体一切都好。

"哦!那就好,睡眠不好,少喝点茶!"我知道这句关心的话是一句废话,毕竟她是茶行老人,该喝什么样的茶,她比我更专业,不夸张地说,对她而言,任何茶她都了如指掌。

她似乎听到了我的弦外之音,笑着说:"你不仅仅只是来关心我的未来发展这么简单吧?"

我点点头:"是的,我需要你的坦诚,不然你也不会来!"

她"藐视"地看着我说:"你们年轻人不懂我们婚后的生活!"

我无视她这句话:"既然一早就知道我今天约你的目的,那你为什么还要来见我呢?其实你想从我这边得到一些有用的建议,可你又不肯放下你老大姐的架子。你对茶是真诚的,但是人与人之间的感情建立也需要彼此的真诚,我刚刚已告诉你了,我需要你的坦诚,而非面具。"

我不知道我的言语是不是太过于直接,但当时迫于她那个老大姐的架势,如果我再不说这样的话,估计和她的见面,就会与一场打发时光的喝茶闲聊没什么两样。

她面红耳赤,我一鼓作气地说:"都这么熟悉的朋友了,没什么不好意思的!"

"我要和你江哥离婚!"当我听到这句话的时候,险些要笑出来,看着她深沉的目光,和多年来遇事不惊的脸庞,听她说出"我要离婚"这几个字,我感觉非常滑稽。

我没有问为什么,也没有去打听谁对谁错,而是直接说:"尽管离婚已然不是一个新鲜话题了,但是你有没有想过你离了婚之后去干什么?别告诉我你要离开这里,然后不再踏入茶业这一行,这个答案在我来之前,你已经告诉我了!"

她说:"累,我和你江哥之间,距离越来越远,结婚这多年,孩子都有了,却发现越来越不认识他了!"

"各自家庭的事情,就是被窝里放屁自己独吞,那是人家自己被窝的事情。"这是以前她说的话,但是我没想到,被我疾言厉色了几句,她会这么直接地告诉我。

"在别人面前他是一个样,在我面前,除了低头玩手机就是不停地叫累。好不容易出差回来一趟,他却告诉我他乏得不行,孩子都不想过问,你说我能没意见吗?每当我发火之后,他也会劝我安慰我,但是他给我的感觉是他在敷衍我,整个人都不真……"

总之,她给我说了很多她对江哥的不满,这也在我预料之中。其实在见她之前,我先去见了江哥,江哥告诉我她现在的脾气很大,总得去揣摩她的心理,迁就着她。不过,从她抱怨的这些话推测,江哥并不知道她已经动了离婚的念头。

"有一次我故意试探他,看看他到底是怎么回事,于是在朋友家住了一夜。孩子回家无法无天,调皮了一个晚上,他都不管不问,还连一个电话都不打来,只是发来一条信息:'明天一早我赶头班高铁,我先休息了,晚安!'"

这回我终于听明白了,正当她准备接着诉苦的时候,我打断了她的话:"当初你们打拼的时候,为了什么?"

"当初和现在能一样吗?"她忽然问我,"你想喝什么茶?"

我目不斜视地说:"杯中不是有茶么?别转移话题来敷衍我,你一直在回避我的问题,其实你回避的不是我,而是你自己!"

她支支吾吾好半天才说:"我不是怀疑他,而是只想要个心安。他的变化比换茶还快,我为孩子担心,更为这个家而担心!"

"你为什么要怀疑,你就是不够直接,你知道为什么你设计的茶空间我从来看不上吗？因为你不够直接，不够坦然，在别人眼中那些很美，但是在我眼中都是旁逸斜出的添加。你把你的这种心态放在了和江哥之间，你们都是一家人了，为什么要去试？有想法说出来，行就行，不行大家再去协商。老让人家去猜你的想法，一次两次无所谓，如果时间久了，就像你设计出来的茶席，我都觉得累，而且还很累赘！作为你的客户，虽然在沏茶和品茶上我认同你，但是在茶文化上，我否定你，就像你设计的茶空间那样，你把你的复杂带进了生活，江哥不觉得累才怪！"

她百思不得其解，说："这话我好像在哪里听过！"我不假思索地说："能对你讲这句话的人，除了我，想想还有谁，我的这些话都是他对我说的！"

她用怀疑的眼神看着我。

"在你心中，在你这里消费的人都是你的客户，不过他们的忠诚度是不一样的。江哥绝对是你最忠诚的客户，因为你的本末倒置，你去迎合那些对你没有那么重要的人，反而忽略了你最需要的人。或许在你的概念中，你只是给江哥画了一副老公的面具，而你忘了，人是有很多脸谱的，只有江哥一人能让你看清他的本来面目，但是你看清却从来不去看明白，更谈不上看懂！"我知道此刻她已经完全认同了我，但是现在还缺一个理由，一个完全让她释然的理由。

"有时候你的迷茫就像一杯好茶的酝酿，到底是来源于初期的工艺，还是源于一壶好水，或者一套好的茶具？是的，这些都需要考虑。但是我发现你在具备这些条件的同时，画蛇添足了，你额外增加了一份属于你自己的感觉。尽管你出售的东西很美，但是这种审美只是你自己的，或许会有很多消费者盲从，可你要明白一点，消费者只买贵的，不买对的，消费者对你的茶空间满意，可你自己未必能骗得了你自己。用感觉办事是必需的，因为感性很重要，但是你缺乏理性，而且经常以自我为中心，要不然别人也不会叫你老大姐了，你觉得你很老吗？总之，我觉得你很年轻！"

她笑了。从见面那一刻开始，她始终都没有笑，现在终于笑了。我忽然提出要求："要不你来我们编辑部，任职对外采访联络吧！"

"我干得好好的，为什么到你部门！"她刚说完这句话，就明白过来我是在调侃她。

其实她并不想离婚，只是想试一试他！这是我从她的举动中明白的一个道理。有时候我们真的很假，明明想要这个，但是又装作一副无所谓的样子，甚至做出一些违背自己内心真实想法的举动。生活不是演戏，如果你违心演绎得太认真，就别怪别人太配合。

有时候面具戴多了，连自己本有的一张脸都会变得面目全非，我想这就是那些人茫然的原因所在。

边缘化

那是2012年的一场沙龙,很有幸我被邀请为沙龙采访会上的嘉宾。

会场的地点选在五星级酒店的金色大厅,空间可容纳一千人左右。当我接到这个通知之后,有些小激动,一方面是因为公司对我市场拓展能力的肯定,另一方面是这场与客户见面的沙龙采访,让我知道了自己的重要性和职责所在。

活动的前几日,我谈业务的时候格外注意自己的嗓子,生怕过多的交流会影响到当天活动的发挥。被采访的问题公司早已用邮箱发给了我,经过这几日的修改和沟通,近乎完美!

活动当天,果真是人潮涌动。一切准备就绪之后,便是主持人念开场白,介绍台上嘉宾。

唯独让我心中有些小阴影的是主持人的态度,她是"Higher"高价培训班的讲师,这样解释吧:公司的高素质经理都是从这个培训班出来的,她是公司的核心人物,能进这个培训班,就能拥有一般员工所不能拥有的优质待遇。不过该培训班的员工本身也需要具备极好的资源,而我并不具备进入这个培训班的资格,如今能和这个培训班出来的顶尖人物平起平坐,还真有点草根出生的感觉。

最关键的是,这位主持人在公司一向是趾高气扬,一般人与她见面打招呼,根本得不到她的回应。所以在公司,业务岗位上的职工对她的成见非常大,但是公司又是一家绩效大于一切的企业,所以大家也无可奈何。

介绍三位嘉宾的过程中,每一位嘉宾都依次起来招手,我对此印象非常深,全场一共响了三次掌声。

该到我了。当我提起十二分精神,准备全身心投入到最好的状态之时,没想到主持人直接进入到了采访环节。场下开始躁动,此刻的主持人却满眼的疑惑,或许此刻全场都在注意我接下来的举动,只有我关注着主持人的表情。

一切都是那么的自然,在介绍的环节中,我犹如空气一般被忽略了,最后直接进入到我们四人的采访环节。无论身处任何场合,都不要先把情绪表露出来,因为这是不理智和不成熟的举动,我在心中安慰自己。

尽管最后我两边的腮都笑得麻了,但是这一场四人采访,我从全场观众的反应得知,我应该是表现最好的。

沙龙结束后,支公司的萧总特意走来向我竖起大拇指,还跟我握了手。我知道萧总准备说些什么,为了彼此不尴尬,我打心底说了一句:"没想到我今天的发挥要比以往好,少不了大家的配合。"

萧总很诧异地问了一句:"真的吗?但是我还是要说一声抱歉,对于业务岗位的投诉,其实我们也无能为力!"

我笑了笑,对萧总说:"厉害的人往往被另外一个群体边缘化或者排斥,独孤求败是一种境界,但很多人无法领悟,而我们总是赶在别人将我们丢弃之前,在内心深处将自己低人一等。萧总,今天主持人表现得非常好,当全场都在关注我时,我看到了主持人对全场忽然躁动的场面而感到诧异,她诚实的眼神告诉了我,今天的失误无关平日公司的投诉,我们都在磨炼,也在磨合,我认为今天的活动很出彩!"

据说后来这件事情在公司传了很久,各个版本的说法都有,但是能进入我耳朵的,几乎没有。没过几天,我便收到了那个主持人的信息:"我终于知道你为什么能够从九死一生的普通业务岗位脱颖而出了!"

我只回了四个字:"谢谢肯定!"

活动我办了很多,这几年走来,活动现场形形色色的意外都遇到过,有刁钻古怪的尴尬,甚至涉及人身攻击的提问,更遇到过观众兴奋到不让我结束的场面,面对这些,我已经如同久经沙场的战士。

2015年,颇具戏剧性的一件事发生了,我写的以地震为题材的小说《掩埋》,刚办完读者见面会,打开手机,微信上已经开始刷屏尼泊尔地震的消息。

其实,这天的读者见面会不算大,现场大概有五十人,是一个中型的活动场地。当我在台上绘声绘色地演讲时,手中的麦出现了故障,好在会场的空间不算很大,我的嗓门又很高,索性直接去掉话筒。

几分钟后,忽然一阵接电话的声音响起,与我在台上的声音相呼应,这位观众的电话持续了很久,似乎所有人的厌恶眼神他都视若无睹,随之而来的是台下读者对我的关注。

尽管有这样一个不理想的插曲,但我有足够的信心认为这位观众的配音,是给台上的我增强画面感,就像电视剧播放到某一个画面时,忽然背景音乐响起,情调便出来了,此刻的我也觉得如此!

这位观众打完电话后,便起身在现场的周围转悠,还大声地问主办方:"你这饮料产品是自己研发的？"

我灵机一动："现场的各位来宾，很对不起，一般活动现场，我会坚持不在台上润嗓，除非是自己坚持不住的情况下，我认为这是对观众的一份尊重。但是今天，我的嗓子条件不行了，能不能借用一下主办方为读者准备的饮料产品润润嗓呢？也请您亲自拿给我！"

所有人的目光都聚焦在这位"肇事者"身上，他很快意识到自己的行为已经开始引起公愤了。此刻，饮料已经送了上来，也到了读者提问的互动环节。

第一位读者这样提问："老师您好，我看到您的《掩埋》这本书的封面写了这样的一段话：'面对物欲横流的社会，我们的人性被掩埋了；面对无常的地震，我们的身体虽然被掩埋了，但是我们的良知却被挖掘了！'请您解释一下！"

这句话总结了书中女主人公在地震前和地震后的良知变化，不过我知道此刻的自己不宜阐述这本书的内容，我看看眼前的饮料水，拿起杯子："我相信您一定知道这杯水是在什么样的情况才走上了这个讲台。其实您的提问就好比这杯水，谁饮用这杯水都不重要，重要的是饮用这杯水后的后果，牛饮水成乳，蛇饮水成毒，水的本质是没有问题的，但是不同的环境却会使得水产生不同的变化。我们人也是如此，不是因为周遭的环境有多么的恶劣，导致我们变坏，而是我们内心世界的变化太恐怖。这个世界很大，面对形形色色的人是我们必须要经历的一门课，被边缘化，很大一个原因是我们先去排斥这个不顺心的人或人群，其实，当出现不被尊重或不被认可的时候，我们往往缺乏了主动性，这个主动性叫合理争取。为自己的融入争取主动，比任何人去做都见效！"

那天在签书的环节，我送给这位提问的读者一句话："尊重，不仅仅是尊重别人，同时也是在内心深处对自己尊重！"

争取并不代表什么都争,
而是在不顺心的形势下,
为自己取得主动改变的可能,
往往很多人忘记了自己是主力,
反而借助不相关的外力耗时耗力!

人心一样平

徐军有段时间的状态一直不好，朋友很担心他，便给他介绍了一家四星级饭店大堂经理的工作，作为暂时的过渡。这份工作主要负责住房部、前台和大堂的散客咨询。

酒店的大堂经理，实际上是一份很闲散的工作，除了一早一晚退房时较为忙碌些，便是中午客房部和午餐厅的事情了，其他时间段都比较悠闲。

无聊的时光是最难打发的。虽然客房部是徐军负责的范围，但是徐军的权力充其量只是调配这个部门开房查房，除此之外，真是无聊到数着时间下班的地步。在大厅工作人员眼中，最为冒险的举动便是在后台休息一会儿，看看手机新闻。

刚入职头两个月，徐军还算是尽职尽责，即使是百无聊赖，也是一本正经地坐在大堂经理的座位，看看客房部的入住情况，或是翻阅最近客户的投诉。

但是大堂经理忙起来的时候也是让人意想不到的。饭店前台最怕的就是团体入住和散客退房同时发生的情况。如果领团的导游在进大堂之前收好了团中每一位游客的证件，前台的工作人员只需要扫描登记即可，房间开卡早在入住前便操作好了。如果团队一盘散沙，大堂到处都是喧哗的声音，再加上即将退房的散客，着实有种让徐军忙得头痛欲裂的感觉。

终于又一次上演这样的情况，这样的导游往往是刚上岗，没多少行业经验！

大堂已经是一片混乱，入住游客的喧哗声早已掩盖了大厅萨克斯的音乐声，前台入住还在紧张地登记中，细细数来，入住团体少了一个人的身份证，再盘点一下，二班和晚班交接班的时间就要到了，两班的人员早已不耐烦了！

徐军在一旁安慰前台服务员不要紧张，要井然有序地操作！而这个时候，团队入住的几个代表，开始投诉前台的办事效率了。

徐军快速地核对入住团体名单后，对导游说："不好意思，好像是您的身份证件没有交给我们扫描！"导游用怀疑的眼神看着徐军，最后终于从背包中掏出了身份证，此刻，一位散客正在退房。

"请问我的房间查好了没有？"听到散客的询问之后，徐军快速拿起对讲机："布草房、布草房，2019房间退房，收到请回复！"

很快布草房回复已经查好房，其实此刻散户已经可以走了，可能是刚刚"团住"的一摊事，让徐军脑子迷糊了，徐军出乎意料地问了一句："请问您的房卡退了没？"

客户立马打起十二分的精神说"有没有搞错"！此时，客户已经生气了，现在唯一补救的方法就是安抚客户并向客户解释。

结果徐军的解释适得其反！眼看就要到二班和晚班交接班的时候了。这时客户要求大堂经理出来解释。

徐军唯唯诺诺地回答说自己就是大堂经理，客户用非常轻蔑的眼神上下打量了徐军一番，好像即将向徐军开战。

这时后台的张监理出来了。听到客户颇有微词的训导之后,张监理点了点头,温文尔雅地一笑,说:"您好,您是福建或台湾一带的朋友吗?"

这位客户说:"是的,这几日我陪着我的经纪人从台湾宝岛来大陆采风!"

张监理说:"真不好意思,破坏了您来大陆采风的心情,我们大堂经理刚入职,前台许多的业务有待提升,还请您见谅,日后我们会努力改善我们的工作!"

张监理话音刚落,客户的姿态忽然变得大度得体,说:"我心脏不好啊,刚刚说房卡没退,真是吓死我了!"

说罢,客户就走了,在徐军的目送中,她就这样轻轻地走了!

徐军到更衣室换衣服的时候,一直弄不明白为什么自己的解释和张监理的解释会有天壤之别的效果,路过大堂的时候,刚好看到了张监理,就上前问:"张监理,您以前是不是遇到过很多这样的问题?"

张监理点点头。徐军好奇地说:"难道是您遇多了这样的事情,现在对付这些客户有技巧了?"张监理拍了拍徐军的肩膀,说:"前台就是一门技术,再好的技巧都无法弥补服务的质量。客户之所以能在你这里消费,一方面是因为这种中高端场所给他们带来的舒适感,另一方面是因为他们的层次得到了相应平台的服务,前台问题千头万绪,其实并不是客户没素质,解决问题的时候笑一笑,然后说一句对不起,客户的气就消了!"

他们是客户,本身就要以客气的态度对待,有时候解决问题的途径不仅仅只是解释，当大家都处于浮躁的状态时，笑一下，不要吝啬说对不起，很多事情都会迎刃而解。

很多人理解忍都是忍受，殊胜的方式是接受，不过很多时候，忍也有接受的一层意思！

这并不是让我们以低姿态去面对任何事情，而是让我们的心放平。直到有一次，在一座古建筑上见到一副楹联，徐军才领悟那时候张监理的举动：

愿祈佛手都垂下，摩得人心一样平。

早晚遇见

多年前，初步入社会工作的我，为了能够不挤早高峰公交车上班，每天都得早起，在早餐店用完早餐之后，再去坐2路公交车。

那时，记忆力和分析能力是我在这个公司生存的基本能力，只要眼前有人路过，我都会下意识地去判断他的基本信息，这可能是职业病。

正当我"犯病"的时候，转角处走来一位小伙子，我的视线把他过滤一番，初步判断他是蓝领，生产车间一线工人，属于高风险职业。看着小伙子满脸疲惫的样子，我敢肯定他是上完夜班要回家，而不是刚睡醒要上班。

正当我转移视线的时候，忽然一个激灵，莫名其妙地叫了声我同学的名字："黄强！"

这位工厂的小伙子回头了，就在转身的一刹那，他停住了脚步，我能从他眼神的诧异中看出他对我的陌生。我与他也有很久没见面了，他认不出我的变化也是正常的，但是在这样僵持的画面中，我始终没有自报家门，直到最终他认出了我。

他没有像学生时期那样，叫我一声"班长"，更没有任何称呼，而是拍了拍胸前被染上的机油，小心地遮挡了一番，诺诺地说："刚上完夜班，出去吃了个早餐，正准备回对面工厂的宿舍休息！"

我一时默然，随着他的视线看了看马路对面的工厂。

当我想表达什么的时候，公交车已经来了。黄强一动不动地看着我，而我紧锁着眉头，沉默地上车了。即使我不回头，也能感受到黄强的失落。

去公司的路上，我心中的怒气如壶中的开水翻滚着，甚至开办公桌抽屉的声音，都比往常要大一些。

总监看出了我情绪不对，想问个究竟，我也很配合地讲起了一则故事。

初三那年，同在学校住宿的黄强，忽然有一天向我借了三百元钱，一是因为考前复习紧张，需要买资料；二是因为学校流行感冒，黄强身体有些不适。当时我手头正宽裕，因为老爸提前给了我一个月的在校生活费，就不假思索地借给了黄强。依我对黄强的了解，估计全班也只有我能借给他！

那时，用他的话来讲，全班人除了我是铁公鸡，其他人都是陶公鸡。他有一句至理名言："铁公鸡生锈都还可以沾点，陶公鸡连锈都不会生！"可见他在班上被孤立得多么惨。

但是我万万没想到，借完钱后的黄强失踪了。当时家里学校两头找，都联系不上他，不想几个月后，校方得到消息：黄强私下辍学到外地打工去了。

这个轰天雷一般的消息对我而言，简直就是火烧翠竹，噼里啪啦。更让我心惊胆战的是，黄强辍学到外地的经费是我"赞助"的。至今我敢肯定，这件事除了我知他知天知地知，便再也无人知晓了。

那时，我是家里和学校两头瞒，黄强骗走的毕竟是我一个月的在校伙食费，我不敢告诉老师和家长，我怕所有的责任都会摊在我的身上。这一个月我几乎是每天在一包方便面中度过，那种泡面的味道，至今不经意闻到都会有些反感！

在这样的一个清晨，在这样的一座城市，我见证了世界是那么小，人生是那么戏剧的一面，我把这一早遭遇的情形和过往的来龙去脉告诉了总监。

总监笑了，说："你应该去看看他！"

我的本能反应是："凭什么！"

总监的回答让我很诧异："你是不是认为自己被骗了？其实不是。换个角度想想，或许你会更欣慰，骗你，因为你是他最相信的人！"

怎么会这样？我有些不理解总监的意思。可接下来好几个等公交车的早上，我都会不由自主地张望那座工厂！直到一周之后的周六，我决定去看黄强，恰巧他这天倒班！

我的到来在黄强的预料之中，黄强对我柔软而客气的态度也在我的预料之中。见面之后，无非是彼此寒暄进入社会后的情况，我倒是坦然，最为局促的还是黄强，他内心的不安来源于对往事的内疚！

正当他要解释什么的时候，我先抢了话："都过去了，想必这几年你心里也不好受吧，生活本就很艰难，回家了吗？"

黄强忍着面部表情，从他的隐忍中，我能判断出他这几年过得也不怎么样，从某种意义来讲，是我这个始作俑者，导致了今天黄强的艰难。

交谈之余，我打量着黄强所在工厂的宿舍环境，八个床铺一个房间，上下通铺，房间里的空气极不通畅，扑鼻而来的是机油味、鞋袜等汗臭味，甚是难闻。一想到黄强在这样的环境中生活了好多年，我的心中不免泛起酸涩。

临走的时候，黄强给了我一个袋子。那袋子包得很紧，直觉告诉我这里面是钱，不多不少，刚好三百元，黄强给得很不好意思。

他的柔弱击到了我内心最柔软的地方。我回绝了，很委婉地回绝了："黄强，我要谢谢你！"

黄强好奇地问我："为什么这么说？你让我羞得慌！"

我拍了拍他的肩膀："学生时期你之所以这么做，那是因为我是你最值得相信的人。我很庆幸在你做抉择的时候，还没有把我忘记，而且你的离开让我担心了好几年，现在见到你本人了，反而松了口气！要不是见到你，偶尔想起那段往事，还是会担心你的。"

黄强最终忍不住哭了。

黄强的那份不易，我想每个人在生活中都有体会。更为戏剧性的一面，是之后在我几乎没有客源的两个月，黄强给我介绍了他们工厂的老板，成功签了一单生意，让我在公司站稳了两年，直到另一家公司挖我而去。

Chapter Three

哪里来的早晚，
其实是不早不晚，
刚好而已！
面对这些，
我们往往都显得措手不及。

You're Only Young Once

有些人怀疑，
是为了解决问题；
有些人怀疑，
仅仅是为了制造麻烦。
不确定的事情或许我们有理由怀疑，
但是很多人，
在确定的情况下，
依旧选择怀疑！

无有恐怖

那天和往日一样,我选择在无聊的时候去书店淘书,尽管我知道这种举动对于在一座繁杂的城市生活的我而言,是一种奢侈。但是这种低调的奢侈,确实是一种排压的好方式。

似乎很多时候,我来北京路上的书店淘书,总是会上演上次来时的故事,平淡至真,没有任何插曲。

这次去书店,多了两位书友,所以心情格外舒坦。这日非比往日,或许是今日有同伴相陪,让我对外界的事物也好奇了起来。我刚出地铁站,看到熙攘的人群,便也涌进了人群之中,想要看个究竟。

眼前的一切让我顾不得昔日的矜持,我在左右张望中寻找同伴,不停地嚷着:"你快来看,竟然有人用脚画画!"

或许这种街头残疾人卖艺,在都市已不再是新闻了,但我却对这份为生而活的艺术感到无比的敬佩。

朋友甚至都没有多看一眼,冷不防地说:"快走吧,在天河区这样的街头艺人非常多!"

多不多对我来说不打紧,尽管我与这位残疾人画家不相识,但是我相信我俩总会有故事发生,如果非得给个原因,我肯定会斩钉截铁地说:"来源于一份感觉!"

我的举动也在朋友的预料之中。我从包里掏出散钱，估摸着有几十块，我弓着腰，双手把供养的钱递到了画家的面前，与此同时也有路人把钱供养在画前。

这些人供养的动机与我是一样的，但有时却抱着一种施舍的态度，诸如一些把钱扔到画家面前的人。或许这个年代的自我赞美和歌功颂德早已是空洞苍白，可我从残疾画家的面部抽动中，确实感受到一份不经意的冷漠，竟然能让人如此痛彻心扉。尽管画家是坚强的，但是我却感到人与人之间的那份疏忽，所带来的麻木。

在转身的一刹那，我的耳畔忽然传来铿锵有力的声音："您请留步，我送您一幅字！"在我回头之前，我的意识已经告诉我是这位画家在与我对话。

我很恭敬地说声："太感谢您了！"

画家的两个脚趾之间，夹着一支褐红色笔杆的毛笔，他不慌不忙地蘸着墨，然后在泛黄的宣纸上写了一个"佛"字。在他脚尖和笔尖之间，我仿佛被这个庄严的"佛"字摄受了。

我说："能不能满足我一个小小的要求，如何请您的一幅画？"

画家倒是很慷慨，用脚趾随意抽出了一幅画。在这泼墨荷花、牡丹花开等水墨画之中，他竟然抽出一幅白衣观音的工笔画，我被眼前这幅画感染了，内心的那份繁杂也豁然消失。

此刻我下了一个决心。我将口袋里买书的费用，全部供养给了这位画家，尽管这买书的费用是我刚刚领的稿费。同行的朋友说我疯了，让我适可而止。

回去的路上，朋友说："你就是脑子晕了，你有没有仔细观察，他拿脚画的，全都是抽象的，像你这幅白衣观音图，是工笔画，他的脚怎么能画出这么有功底的工笔呢？"

　　我始终不相信，在地铁门快要关的那一刻，也不知道哪里来的一股力气，瘦弱的我竟然拽出了同行的两位朋友。

　　他们很不理解，说："你要怎样？这多危险啊！"

　　"走，我想再次拜访这位画家！"尽管我不相信朋友的这番话，但还是生出些许疑惑。原本是一件令人欣慰的事情，此刻却让我的心无法平静。尽管我知道有时候真相是会令人失望的，但是我和同伴还是准备去把它残忍地揭开。

　　等再次进入熙攘的人群，才发觉一切不是我们想象的那样。残疾人画家低着头，一如既往地作画，他用线条勾勒出了牧童骑牛的工笔水墨画。

　　此刻，无言。

　　我时常在想，是什么夺走了我们身边的种种美好，是时间，还是人群？这件事总是让我难以忘怀。我们之所以孤单，是因为我们恐惧。因为城市的快节奏带来的危机感，那些所谓的梦想都被孤立的自己给颠倒了。"无有恐怖，远离颠倒梦想"，恐怖可以颠倒美好的一切。此刻，我深深地领悟到了《般若波罗蜜多心经》中的这个经典句子。

　　终于有一天我忍不住了，在一场新书发布会上，我讲了这则故事：我们有理由怀疑很多东西，怀疑似乎成了我们保护自己的一种方式。可保护自己的方式有很多种，没必要用一种保护自己却又隔离别人的方式，将所见的人和事颠倒。怀疑用对了地方，它就是救命的药；用错了地方，即便是药也是有毒的！如同人的信仰！

Chapter Three

111

我们颠倒的东西太多了，
以至于准确的方向我们都分不清了！

You're Only Young Once

方位和定位非常重要,
一旦弄错,
不正常的事物也被扭曲得正常了!

不同的标签

办公室的晓晨和阿雅不说话了，在同一空间，夹在正中间的大象，明显感到她俩随时会有爆发口水战的可能，在这样的氛围中，局促不安。想着她们的事情绝对是鸡毛蒜皮的事情，作为夹在中间的受害者，大象不得不向身边的朋友旁敲侧击地了解情况，后来才知道原来只是因为一件衣服。

阿雅买了一件名牌衣服，非常开心地穿到办公室，公司的同事都夸衣服漂亮。阿雅得意扬扬地说："在万达购物中心买的！"万达购物中心在这群女性之中算是当地中高档消费区，所以当阿雅说到购物地点的时候，大家都带着羡慕的眼光看着她。不料一旁的晓晨冷不防地说了一句："她这衣服前几天我也去看了，全场打折，而且是对半打的！"

当时阿雅的脸就绿了，瞪着晓晨说："再怎么打折，我这衣服也好几千块！"其实阿雅言外之意是打折后的衣服，你都买不起。

事后，阿雅心里一直为之不快。一次，同事们聊到晓晨的工作分配的问题，阿雅就多嘴抱怨了一句："她啊，就是一个马后炮，什么事情都喜欢拍马屁，我可做不到！"

晓晨每次见到大象的时候，都会说："哎呀，你终于瘦点了，晨姐看到你瘦了，好开心！"第一次听，心里还是挺舒服的，但是后来听多了，就会怀疑这是不是晓晨的一种惯常表达方式。因为大象的胖是大家给他贴的标签，是否真胖也不见得。这样一个大大咧咧的女人，她没有小女人的心思和敏感，所以大象不认为这是所谓的拍马屁和虚伪。

直到和晓晨搭档几次之后,大象才发现她是属于感觉型的人,使得大家一度公认她是马后炮。

也正是因为阿雅在公开场合指明晓晨是马后炮,所以才导致两人现在形同陌路。

碰巧这几天,大象有一场名为《与客户有效沟通的途径》的分享会,想到晓晨这个人,大象决定修改他已经做好的课件。

主题分享会开始,大象首先给大家抛出一个问题:人可以分为几个类型?

台下听众的回答五花八门,因为大象的问题属于开放性问题。在大家一番热烈回应之后,大象说:"其实人可以分为视觉性、听觉型和感觉型三种。那么大家肯定很奇怪这种划分,我就给大家举一个例子,假如外面出了车祸,你的老板让你出去看一看,回来之后要告诉他发生了什么事情,你会怎么回答?画面大家尽可能地想象,然后根据自己的想象详细述说。"

大象随机点了几个人回答。

第一个回答和第二个回答基本相仿:"如果换成是我,我会告诉老板,外面一辆黑色的大众撞到了前面红色的小车,车镜和车尾厢受损了!两位车主耷拉着脸等待着交警的处理,此路段开始堵塞!"

"很好,你们能把车的颜色和类型描述出来,说明你们的观察能力很强,这就是视觉性的人!"大象总结地说。

"那么,何为听觉型的人?"大象又在现场点了两个人,其中的一位回答:"外面一片吵闹，两辆车的车主都在打电话，行人都在议论纷纷！"

"很好，那么我们再找找感觉型的人。"其实大象有种冲动想找晓晨，但是一旦找了她，接下来的环节就会让人联想到大象是针对她的，所以大象故意挑选公司新入职的年轻人来回答。

果不其然，有一位新人中标了。"后面的那辆车开得好快哦！'哐'的一声撞到了前面的那辆车，好惨啊！你都不知道那辆车撞成了什么样子，估计保险公司要陪不少钱！"

当这位新人绘声绘色地描绘着他心目中的撞车事件时，他的投入令大家都觉得好笑，甚至有些人捂嘴、低头、窃声地笑。

大象缓缓地说："你的感情非常丰富，而且任何陌生的人在你这里，你从来都不会觉得陌生！"

这位新人点点头，大象接着说："视觉型的人善于观察，他们是写总结的好苗子，他们能把总结写得非常到位；听觉型的人在汇报工作的时候，很注重言简意赅，这样的人不适合当领导，即使当了，发言也都不是他们的强项，如果谁遇到这样的领导，那你们就幸运了，因为你的会议一般都不会太久；感觉型的人情感丰富，在别人眼中非常平凡的一件事情，会被他们描述得很不平凡，很容易让大家认为是夸大其词，或者添油加醋，甚至事后的某些情形，他都会经常提及，一度使得身边的人认为这样的人是马后炮，其实他们并非马后炮，而是他们的情感丰富，一般人比不了。"

这时，大象意味深长地看了看晓晨，然后接着说："这样的人口直心快，但是我要告诉大家，他的直言直语并不是故意针对你，而是他们直截了当，从来不会隐瞒自己的想法。这样的人非常可爱，在你不开心的时候，大家大可以找这样的人，因为他们总会给你带来不一样的言语环境和惊喜，只要有他们存在，任何场合都不会冷场！"

明白人都知道这堂分享课是讲给阿雅和晓晨听的。之后几天，办公室里关于阿雅和晓晨的议论还是有很多，但让大象意外的是，曾经和晓晨关系不怎么好的几位隔壁办公室的员工，开始和晓晨打招呼了。

一次，大象张罗了一顿饭局，故意叫上阿雅和晓晨。在点菜的时候，大象让身边的人推荐，结果大家都不愿意做出选择，而晓晨却自告奋勇，一边点菜，一边把菜描绘得色香味俱全。当时大家开玩笑说晓晨的解说词相当出彩，晓晨满不在乎地说："你们就说我是马后炮呗！"

结果一旁的阿雅被晓晨的话逗笑了，说："你可是感觉型的人，就是一张嘴没把门！"现场的气氛瞬间热闹起来。

标签每个人都会有，你没有办法阻止别人给你贴标签的行为，但是一旦因为自己的偏见，将标签变为批判一个人的标准之时，矛盾就出来了。标准虽然是用来衡量的，但是在人与人之间，标准往往会拉远彼此的距离。标准对于不同的人而言是不同标准。阿雅后来对大象说，有些业务单她搞不定的时候，恰恰都被晓晨一次性签单了，她现在才明白不是晓晨的业务技能有多高超，而是每个人的标准是不一样的，才会有那么多的差异，相同和大同之间也有很大的差别。

大象说就是这个道理，老祖先的戏剧脸谱就是做人的智慧！人这一辈子遇到什么都不重要，重要的是遇到了解！

Chapter Three

117

我们最善于以自己不真实的面具，
去遮盖别人的脸谱。

摄影/玖叁拾年

逆向

我们班级连续一周有作业本、课本、课外阅读书籍被盗，其特点是以小组为单位，整组的书本无端消失，最后这件事成了学校的焦点事件。

一周后凶手被抓到，部分被盗的书本，被班主任在废品回收站找到。据回收站的老板娘描述，那个过来卖废品的小青年就是我。

赔偿同学课本的损失费，校方找到家长谈话，回家罚跪挨打，老师教育谈话……让本来就处于叛逆期的我，更加反感学校和家庭这两个地方，整个人在学校也臭名远扬。

其实，那个时候的叛逆一部分来源于自己内心的矛盾：想争气，可现实的自己又很堕落。

被人鄙视加冷落一段时间之后，我渐渐变得安静，把自己完全封闭了起来。之后我特别怕在课余时间看到老师的身影，因为好几次在楼道和他班的老师迎面相遇的时候，老师们都会把目光往我身上多聚焦几次。他们的眼神告诉我：怎么还是这么没出息。

盗书事件过去没多久，老师办公室跳棋上的玻璃弹珠凭空消失了。那天的课余时间，教室里忽然来了几位老师，无缘无故搜我的抽屉，结果什么也没有搜到，桌面的书籍显得有些凌乱，但是干净整齐的作业本页面，是一笔一画的字，还有红红的勾以及老师在作业下面批复的"优"字。

被带到办公室后,老师张口的第一句话就是:"做人要诚实,你在老师的心中还是有希望的!"

我诺诺地说:"老师,怎么了?"我不敢抬头,有点忐忑不安。眼睛的余光告诉我,在我说这句话的时候,其他老师鄙视的眼光投向了我。我瞬间明白了是怎么回事,原来学校又遭偷盗,我是老师们第一个怀疑的对象。

我的眼泪立马不争气地流了出来:"老师,我没有偷东西!"这句话说出来的时候,那些正在批改作业的老师都停下了手中的活儿,静静地等着我的招认。

这次的谈话进行了很久,老师们教导了很多话,无非是那些大道理,让我觉得空洞和乏味。但是这些并不重要,重要的是这些话背后的意思,是毫无商量的否定与怀疑。总之,老师的一番话让我提前成熟了好多,让我瞬间长大了很多,看明白了很多,认识到了很多,甚至经历了很多。

真是笑话,为什么小学生的偷盗事件,总是在一周之后破案?老天怜我,最后老师查出那个凶手不是我,而是高年级组的学长。

那段时间,我的缺点掩盖着我在学习上的默默努力。比如全班期末考试,我竟然位列第十名,但是代替第十名领奖的是第十四名;学期优秀作业展览,班级送去的几本代表,虽然"优"多,但是也有那么几篇是"良",老师却在班级上说他们的作业"优"是最多的。我在抽屉里偷偷拿出用完的作业本,见到整本的批注全是"优"。

这个令人不安的学期终于结束了，新年伊始，再次开学。

似乎新学期之后，偷盗的话题已经被大家遗忘了。学校一年一度的小制作小发明比赛如期地开展了，没想到我的简式按摩器成了学校送往市里的入围作品。

一天，我被教导处的郭主任叫去，他问我的相关作品在哪里，我不假思索地回答在班主任的办公室。郭老师给了我一个纸签，上面标有我的名字，和我入围作品的编号，他让我把作品拿到教学楼一楼的展览厅。

我的兴奋犹如二月的风，虽然冷却带有绿意，似乎春天的到来，可以让生命重新焕发新的光彩。我一口气奔到四楼，可能是用劲过猛，开办公室门的声音有点大，我激动得连门都忘了敲。

班主任的办公室有点偏，基本很少有学生在课余的时间来这里。

忽然，我看到其他班的数学老师在办公室烤火，火盆里是碳，办公室的暖流迎面扑来，而我的背后是二月的冷空气，前后温差很大。

我立马举起手高喊一声："报告！"

这位老师甚是惊讶，用凶巴巴的眼神看着我，许久都不曾转移。我注视着这位老师，本能地告诉自己，我的突然到访被老师疑为踩点偷盗了。

真不知道到底是因为办公室的热流所致，还是因为这位老师怀疑的目光所致，我的脸竟然开始发烫，我的眼神开始有些游离。

那一刻，我终于明白了一个道理：书本上说失之毫厘，谬以千里，而现实生活就是一步错，终身都是错。

时间就像背后的冷空气一般，仿佛把我整个人和整个空间凝固了，我的手拽动着标签，等待着这位老师的示意。最后我成功地进入了办公室，直奔班主任的办公桌前，将手上的纸签郑重其事地贴在了我的作品之上，然后把作品抱入怀中，这一切都被这位老师尽收眼底。

好多天之后，我依旧因为这件事情感到困惑，但那时我没有任何脸面把这件事情告诉他人，只因我曾经的不良档案已经成为事实。

但是我依旧处在这种压抑的成长氛围中，这种压抑无处宣泄，只能转为进步的动力，除了学习，黑板报、六一儿童节节目等都是我一人包办。在小学毕业班级典礼的那一刻，师生即将分手之际，班主任王老师说她带过的所有学生中，改变最大的那个人就是我，最让她欣慰的学生也是我。此生之中，我认为这是自己成长中最好的一份礼物——王老师在毕业典礼上对我的认可。

该转弯了

这几年，身边的同事，一个接着一个失败地离开了这个单位。

有一段时间，公司几乎没有我的业绩了，甚至职场传言说我是昙花一现，估计是要跳槽的节奏。

没几天，公司的理财沙龙就要开始了，我向内勤申请顾客入场券的时候，遭到了内勤工作人员的白眼，昔日的殷勤早已不在，真是有种虎落平阳被犬欺的感觉。

当遭到内勤的白眼时，我多么希望此时此刻能拿着从外面签过来的业务合同，狠狠地砸在他们的面前，然后雄赳赳气昂昂地索要入场券。然而，这只是思想上的放肆产生的幻觉。

一段时间的隐忍，我似乎开始颓废了。作为业务岗位，不出去见客户，天天坐在办公室成为"办公室主任"，如果自己不发展团队，是一件非常后怕的事情。

这天中午，我游荡在自己的办公桌前，忽然耳畔传来一句："你现在怎么这么不修边幅？"

我下意识地看了看自己的衣着，目光上下打量了一番，然后抬头看着敏华，说："怎么了，又哪里不妥了？"

"你的精气神！"当我听到这句话的时候，我忽然想起了前天的那场公司早会。

和往常一样，早会如期举行，只是流程中忽然多了一项关于公司员工形象的问题。在举了几个公司不良习气等问题的例子之后，台上的内勤人员让我起来做"成功"的示范。

我听到后面几排的办公桌旁，传来了一阵窃笑声。

当然，我穿得很得体，内勤工作人员之所以这样做，无非是因为我最近的业绩不怎么样。

想到这里，我的情绪几度陷入低迷。

"你脸上现在有什么？"敏华看着我，隐隐中有种质问的感觉。

当我准备说自己最近业绩处于瓶颈期的时候，敏华直接说："我知道你最近状态不怎么好！"

"把胡子剃一下！"我已经能够想象那个胡子拉碴的我是什么样子了。

我知道敏华今天找我谈话，并不是仅仅告诉我要刮胡子了，作为在公司与我要好的同事，敏华从来不会无厘头地去做某件事情。

作为旁观者，敏华或许比我更明白自己的状况。

我终于扯下"面具"，郑重其事地说："我最近很失落，失落的不是业绩的问题，而是周遭的情况！"这可能是我最想表达的一句话。如果不是在职场上，我可能会将最近对所见的感受统统说出来，可惜环境不允许。

敏华说："重要的是要知道你自己该做什么，不是去关注别人做了什么！"我听到她说的话，似乎明白了些许。我坐在办公桌前开始沉思，想想最近的态度，所表现出狂躁不安的举止，确实难以让人靠近，并且自己都不知道那颓废的样子，是有多么的糟糕。不仅如此，还希求别人的理解，久而久之换来了以抱怨为发泄的方式。

往后我再怎么一如既往地调整状态，业绩却仍然不好，状况也不太理想。但是我从中明白一个道理，这个社会并不只是不进则退，有时候是不进则死。

几日后，我来回奔波于客户之间，心力交瘁，但依旧是没有什么成效，忽然我脑子里冒出了辞职的冲动想法，但是我的清醒克制了我的冲动。

最终我准备以旅游的方式来解压，不料决定订票去海南前，敏华约我吃中午饭。

她见到我第一句就说："最近这几天你的状况看起来还不错！"

我在心里纳闷，为何敏华会这样说？同时也在心里嘲笑自己。我苦笑道："还好呢，整个人现在都不知道要做什么，反而觉得更累，我决定出去旅游几天。"

敏华说："那旅游回来之后呢？"我瞬间哑口无言。

这时，敏华才一针见血地说："你现在的问题，就在于你跑得太快，当然累了。哪一个人快速地奔跑，换来的不是气喘吁吁？你把你生活和工作的节奏绷得太紧了！不想那么累，就别走得快！"

见我低头不语，敏华接着说："你是对的，但是有一点你要明白，公司里并不只有业绩，还有团队。业务只是一条腿走路，但这个并不是长久之计，如果你要发展团队，工作模式和处事风格就要转变了，要不你永远都只是杯水车薪！"

真是一语惊醒梦中人，原来我的瓶颈是来源于该转型了！

晚上回去之后，我给敏华发了一条信息：我不是无路可走，而是该转弯了！

如果遇到事与愿违，
转一下弯并不是妥协，
太标榜自己会很累！

请站起来小便

前两天,一位朋友总打来电话,说是想约我到他的茶馆喝茶,几次推脱之后,再也没有理由拒绝了。

喝茶并不是朋友再三邀请的目的。朋友告诉我一件事情,他的儿子在学校的公共厕所从来不站着小便,引起了同班男生的嘲笑,开始他以为这是孩子们之间的过家家,没想到发展成了学校的冷暴力。

没过多久,他那十多岁的儿子上课时直接尿裤裆了。我闻言甚是诧异,有点怀疑这孩子是不是受到了什么刺激,但是朋友说孩子一向正常,不至于受到什么惊吓和刺激。

然而在喝茶的时候,我仔细留意了一番这孩子,他表面上看起来和别人的孩子没什么区别,但是上厕所的次数多到有点吓人。看着孩子频繁上厕所的身影,我也想到了自己。

其实小半年之前,我也有过高频率来回上厕所的经历,并且持续了很长一段时间。那段时间自己特别忙碌,而且时不时会神经紧张,表现出坐立不安的状态,实则是压力过度所致。

我心里很清楚是杂志约稿的事情让我捉襟见肘。约不到稿件,自由来稿的质量又不高,并且不符合杂志的方向。摄影没有好图提供,对于四色的杂志而言,似乎那时候我坚持的改版是错误的举动。一想到"坚持"这两个字,我就会万般的不安,有些时候我会紧张到如坐针毡，在偌大的书房中来回走动，根本不知为何！

很长的一段时间过后，我发现自己只要是紧张或者事情一多，整个人的神经都绷得紧紧的，时不时上厕所，或大便或小便，一时间，去洗手间洗手的次数都数不清了。开始自己没有意识到，一次在陪朋友吃饭的时候，被别人发现了这个问题。出于礼貌，他们也只是提了一句，但我还是意识到了这个问题，其实我去厕所并不是方便，而是选择了厕所封闭的空间让自己不那么急促。

一次周末在某图书馆演讲，距离活动开始还有半个多小时。也不知道为何，在这半个多小时里，我整个人由内而外感到紧张，明明知道自己不需要方便，就是想上厕所安慰一下自己。其实这并不是百来人会场给我带来的紧张感，对于这样的演讲舞台，我早已能应对得游刃有余了，所以活动开始那一刻，我的紧张感便逐渐消失了！

有人建议我去看心理医生，但是我没有去看，我认为自己就是最好的心理医生，因为我知道自己所有的问题都是工作的压力导致的，同时因为创作的灵感被掏空，自己才会有频繁上厕所的举动。想到这里，我问起朋友："有没有带孩子到医院检查？"

"都检查了，一切正常！"朋友说。或许我心中猜到了什么，便问："在学校没有受到什么打击吧？是不是有同学恐吓他？"

朋友的回答是什么都没有！

朋友其实只是想向我倾诉内心的痛苦，但我听到这件事情之后，我的直觉告诉我这孩子的问题我能处理。我的举动让朋友甚是诧异。

这个孩子叫扩扩，学习成绩很优秀，我试着和他交流了半个多小时。

这半个小时，他根本闲不下来，或写作业或看书绘图等。我实在是按捺不住心中的疑惑了，便问："你怎么会这么忙呢？"

"作业多，任务大，每天还要去兴趣班上课，绘图还没有完成！"我看出了孩子的不乐意。

"你乐意做这些作业吗？"我的问题刚问完，扩扩不假思索地说："不乐意没办法啊，自己不努力，迟早有一天会退步而被人遗忘的！"

扩扩是一个诚实的孩子，但是此刻从这个十多岁孩子的嘴里说出的话，似乎超出了他这个年龄段应有的水平，我知道这种思想是家长硬生生灌输给他的，所以扩扩的话出于一种早熟。

我撒了一个谎："告诉你一个秘密，叔叔几个月前尿过裤子！"在说这句话前，我不敢直接问扩扩上课尿裤子的事情，怕伤了孩子的自尊。当然这句谎言换来了扩扩的坦言："看来比我更丢人的事情还有呢？"

"所以说叔叔只告诉你一个人，我那时候尿裤子是因为紧张导致的！"其实我之所以这么说，是因为很想试探扩扩的这种反常的举动，是不是来源于学校和家长双方施加的压力。

扩扩说："叔叔，其实我在学校也尿过裤子，我爸妈都知道了！"我故作镇定地问："怎么回事呢？"

扩扩开始诉苦了:"学习压力太大了,每天回来觉都不够睡,早上是爸妈硬拉着我起床,我每天最开心的事情就是在上学路上和放学路上睡觉。晚上做完作业就要去英语培训班、奥数班,周末还要去上兴趣培训班,还有大堆的作业!"

我的第一反应便是"天啊",听完了扩扩的诉苦,我认为自己的工作压力还不及扩扩学习压力的一半。我还在感慨之余,扩扩又说:"我尿裤子是因为我听到了下课的铃声,下一节课是语文课,昨天我的语文作业还没有做完,今天老师就要开始讲作业习题!一听到铃声,我整个人就激动了起来,没想到没有控制住!以前一紧张就想上厕所,而且我发现每次上完厕所之后,我解决问题的效率变高了!"

紧张来源于压力,有些人调解生活压力的举动,总会适得其反,而反常的举止也能侧面地制造压力,以至于在双重压力的打击之下,我们都成了惊弓之鸟。我很庆幸自己能够很快地意识到自己的问题出在哪里,并能合理地把自己内心的糟粕排泄掉,但是对于扩扩这样的孩子而言,外在的压力就像风吹草动,将他吓得草木皆兵。

这一次聊天让我非常开心,因为我知道了扩扩的问题和我一样。当我兴冲冲地打开扩扩房门的时候,我发现朋友夫妇俩,正侧耳在门上偷听我们的谈话。

看到这一幕,我替扩扩感到气愤,根本不是扩扩不愿意站起来小便,而是被他们压得站不起来了。我拍着朋友的胸脯说:"小树苗上荡秋千,到底谁危险?"

如果那一刻我是扩扩,当我开门见到爸妈正在窃听自己谈话的时候,我会说:"请给我一个站起来的空间!"

Chapter Three

当你为某一件不值得的事情还在坚守善良的时候,是不是有人骂过你傻?当你为某一件事情付出了惨痛代价的时候,是不是有人跟你说那是一笔财富?当别人拿心灵鸡汤的言教在为你宣讲坚持信仰的时候,你是否扪心自问,这样的事情值不值得?从信仰的代价转变成代价的信仰,是质的转变还是量的转变?我想:都不是,那是心的转变。就像你没有弄清善良和智慧的区别。在这个娑婆的世界,有时候善良是最大的败笔,与其选择善良,还不如选择慈悲,因为慈悲比善良更有智慧。

You're
Only Young
Once

CHAPTER
FOUR

代价的信仰

你我的妥协 / 老妈的关心 / 远方的方向 / 那些握拳头的岁月

你我的妥协

长这么大，最麻烦的事情，就是过不了别人流泪这一关，以至于在电话里听到了老爸的哭声之后，心塞了很久。

几天前，我刚拿到出版社汇给我的稿费，手机接到收款信息的同时，忽然来了一个电话，来电显示是老爸，我觉得太巧合，但也没有多加思索，便接了电话。

"你有一个姑父，现在他的小孩出事了，找到我，我这边面子过不去，你要帮一下你姑父啊！"

我感到很诧异，不由疑惑地问："爸，你说的是我哪一位姑父啊？"

我就两位姑父，如果真的是姑父出事了，估计两位姑姑给我打电话的速度会远远超过我爸。老爸在电话里告诉我那是一位远房的姑父，年轻的时候和他处过事，人非常老实，他的儿子在外面借高利贷赌博，欠了一屁股债，现在一帮要债的人堵在店面门口，说下午五点之前不还钱，就把他儿子的手砍掉。

当我听到这件事情之后，满脑子都是问号，远房的姑父是什么概念？我爸怎么又开始做起老好人，借钱借到我这里来了？

老爸说："你姑父找我借，急得不像样子，他就这么一个儿子，再怎么不争气，也不能成残疾人了。你就借给他两万，我给你做个担保，到时候他肯定会还你的！"

我看了看手机时间，说："这些都是后话，关键是现在银行都快要下班了，你让我哪里有这个时间立刻准备好两万块啊！"

其实我还是不放心，毕竟老爸南下工作这么多年了，我却从来没有听老爸提起过这个姑父，要说我一点疑虑都没有那是不可能的。

后来老爸再次强调说他面子上过不去，并把我的电话给了那位所谓的姑父。接下来便是这位姑父打电话给我了，一看来电显示，是老家的号。

这位姑父的语速很快，显得很着急，像极了老爸所交代的那样，这位姑父的着急容不得我半点回话，一个劲儿地哀求我一定要帮助他。也不知道怎么回事，平常能言善辩的我，此刻竟然罕见的语塞，唯独能给的理由便是银行马上要关门了，我这边开车去银行也需要一段时间，但是我的理由老感觉像是电信公司的占线，无法传达给电话那头的姑父。

而且在通话的过程中，老爸又不停打来电话，最后姑父说："我这边的银行贷款马上下来，最迟下个礼拜二能给你，你兄弟的事情就拜托你了！"

我的思维彻底被打乱了，自己都不知道在什么样的情况下同意了这次借钱。在去银行的路上，我觉得好笑，到手的稿费飞了，敢情我的书是为了我爸的面子去写的，这面子真贵。

这个过程除了姑父打电话催了好几次，路上的车有点堵，ATM机也跟着出了点故障，我又换了一处银行的网点，其他的事情一切顺利。可能是太久没有这么刺激过了，我坐在车上，有种晕车的感觉，朋友笑我不是晕车，而是和钱有仇！

借钱的那天是周五傍晚，周一吃晚饭的时候，老爸再次打来电话，非常关心地问我后续的情况，语气显得有点紧张："你姑父明天还钱是吧？"

我喏喏地回答："他那天和我通电话的时候，是这么说的！"

老爸的语气还是显得有点紧张："他明天还钱之后你告诉我一声，不过你还是打电话提醒一下你姑父！"此刻，我有了一种难言的预感。老爸在电话的另一头说他要开车，便挂断了电话，随着电话的挂断，我心中的这种预感很快便消失了。

第二天，在老爸的催促下，我按照老爸的话，给姑父发了一条短信："姑父，这是我的银行账号，因为当时解决兄弟问题的时候，我这边动用的是刚收到的钱，等钱宽裕了，有这个能力还会第一时间帮到姑父您这边。"

发信息的时候是上午十一点之前，但直到下午两点半，也不见有任何回复。在这个时间段，老爸的电话打来了好几次。最后一次来电，老爸似乎声音都变了，他说他会亲自联系这位姑父。

天气还是非常不错的，尽管南方的空气中带着一丝寒意，但是室内的暖气还开着。不过，我莫名地觉得拿着手机，有一种凉飕飕的感觉。手机再次振动了。

"喂！爸！"因为除了这两个字，我不知道说些什么好。老爸竟然说："从昨天到今天，我都一直没睡好啊，我这是好心办坏事了，谁知道人竟然是会变的！"

"爸，别紧张！"这句话就像是演员背台词那样，仿佛已经事先安排好了。

"我也不知道老家的人怎么知道这事，你奶奶告诉我你那位姑父是个大忽悠，四处借钱，等到要钱的时候特别难！"听到老爸这句话的时候，我脑子一片空白，我不是害怕，而是不知道如何安慰老爸。

老爸哽咽着说："我打了好几个电话给他，他不接。后来我给他哥打电话，把这事告诉他们家，我儿子把他儿子救了，他把我儿子给害了！"说着，我已经听到了老爸的哭声。老爸觉得很委屈，这种感觉就像他当年主动往单位上交乘客丢下的包包，结果被讹了几千块。

当时，我心中涌出了一股暖流，特别是"我儿子"这三个字，有一种莫名的亲切感在心中涌动着，暖暖的。我不知道是我傻还是怎么回事，我所关注的点并不在钱上，而是老爸的这席话。这席话忽然让我觉得自己好小好小，就像是一个没有长大的小孩，以至于老爸说什么我就紧张什么。因为老爸鲜少跟我说这么亲切的话。

我唯一一次见到老爸流泪，是因为姐姐在没有告知老爸的情况下，连婚都没有结，就先上船后补票。当老爸知道姐姐怀了孩子，被气得一塌糊涂，他嘴上说不认姐姐这个女儿了，其实就是想给自己找个合适的台阶下。在我的百般劝说下，一家人去看正在坐月子的姐姐，一切事情安排妥当之后，老爸拍了拍姐姐的被子，含着泪离开了。其实在那一刻，以往老爸在我心中的威严和伟岸瞬间没有了，我忽然觉得，他平日里坚不可摧的一面如同一捅就破的一层纸，脆弱得不得了。

那一刻我很想对他说："老在我和姐姐面前端着，端时间久了，你就老了！"

老爸说："以后咱俩再也别干这种傻事了！"当下我能做的只有安慰他。或许这一辈子老爸吃了很多亏，个中滋味冷暖自知，人际交往中，也或多或少总有那么几件违心的事情让人难以启齿，但是对于老爸而言，能这样安分守己地在一个行业做十几年，是因为太老实。或许在亲人眼中，老爸是死性不改，但是对我而言，老爸是良心不亏。

　　我爸软弱到坚强，我们却坚强到软弱，最后变成对良心的妥协！在这娑婆世间，有时候善良是最大的败笔，与其善良，不如慈悲，因为慈悲比善良更有智慧。

老妈的关心

老妈是一个月前知道我出了好几本书，以至于她连续好多天都兴奋得不得了。几天的时间，老妈身边的朋友都知道了我是一名"大作家"，争相向老妈要我的签名书。这段时间，单单给老妈签名的书，都快递了好几回，老妈这边还是供不应求。

后来姐告诉我，其实那段时间老妈最想见到的并不是我的书，而是我这个人。听到这句话之后，我不假思索地给老妈打了一个电话，问老妈一月份是否有空陪我一起参加北京的新书发布会。

北京的这一次行程非常仓促，虽然只有五天的时间，但是有两场发布会，还有不同片区的朋友要见，所以这五天的时间，老妈全程陪着我，舟车劳顿是避免不了的。

我知道这几天老妈舍不得我离开她半步，便安排了我俩同住一间，无论我在北京哪个地方都与她形影不离。我的步伐非常快，老妈显然有些跟不上，每当我会意地回头，老妈总是匆匆赶上，在不知道多少次回头之后，老妈才说："我之前做生意的时候，走路已经够快了，没想到你这猴娃子比我走得还快！"

其实我很明白，并不是我走快了，而是老妈已经老了。这么多年过去，我大了，老妈却老了，我们的生活节奏和频率都不一样了。在王府井大街上，我挽着老妈的手走路，生怕自己的步伐让我们的两颗心相距甚远。

与老妈同一房间休息的第一晚，老妈说她睡得特别香，我不在她身边的时候，她把内心对我的那份思念，全都倾注在了我写书的这件事上，由于过度的兴奋，她的生物钟都被打乱了,直到与我在一起,才能安稳睡一觉。尽管第一夜她的鼾声影响到我的睡眠,但是我却无比的欣慰。

这几天清晨醒来,老妈就已经把杯子里的温水准备好了,就连牙膏都替我挤好了。我知道说多了都是废话,只有做了这些事情,她才觉得圆满和满足。事后想想,我心里泛起的真不是感动,而是道不尽的滋味。

新书发布会终于盼来了。其实我已经对发布会没有任何感觉,这样的活动我都不知道办了多少场,但是老妈却感到新鲜。可老妈不服水土,拉肚子拉得她两条腿都发软,这天上午,她几乎是在洗手间度过的。中午饭过后,我真担心在王府井去老国展的路上老妈吃不消,而且她中午饭也没有吃,我想这会儿她肯定会非常难受。在人山人海的老国展,我没有第一时间去找自己的发布会是在哪一展区,而是先去找洗手间所在的地方,尽管老妈不说,但是这份难受我这个做儿子的能切身感受。

展区内暖气打得很高,空气极不流通,不一会儿我整个人开始燥热起来。北京天气非常干燥,我这个常年居住在江南水乡的人显然有些水土不服,越是担心嗓子出问题,问题越是来了,好像新书展的这天,什么事情都是针对我一般。一样样突如其来的事情,已经让我无心应对了,此时,我的所有心思还在老妈身上,那些找我拍照的,找我签名和聊天的,让我疲于应付。

在发布会开始前的半个小时,我有点饿了,这句话不经意说出来,恰巧让老妈听到了。老妈从黑色的包里,掏出了一块四四方方的面包让我吃,并把矿泉水瓶盖拧开。当老妈从包里拿出面包的那一瞬间,让我明白,老妈的包里放的不是化妆品,而是随时为我准备的应急物件,比如水,比如这块面包。更让我想不到的是,我生平第一次发布会忘了带签字笔,老妈都替我备上了。我一度怀疑老妈是不是做过保险业务,因为在保险界有这样的一句话:"风险无可避免,但是我们可以降低风险的程度。"我诧异老妈竟然能把意外的风险降低到如此程度。

发布会现场采访时,舞台的灯光非常炽烈,我压抑着满身的燥热,一一顺理成章地回答了被采访的问题。台上的我满头大汗,台下的老妈出了一身冷汗。我满头大汗是因为长时间的说话,自己中气不足,加之灯光太热的原因;老妈的满身冷汗是为我提心吊胆,生怕我答不上主持人的问题。其实她不知道的是,采访的问题编辑早就给到我了。

整个环节结束之后,一堆人蜂拥而上,有要求合影的,有要求签名的,还有要微信……其实每场发布会之后都是这样,发布会并不让我感到累,然而会后中气不足的时候,还要满足这些人的不同要求,做这做那,才让人心力交瘁。

这时候,老妈不知道从哪里找来一次性的杯子,给我端上一杯温水,说:"赶紧喝点温水,顺顺气!"

我的第一反应是,这是我妈。没错,这个给我端水的人是我妈,尽管她也会问我要签名书,但是她更在意的是一场活动之后,让我喝点温水顺顺气,缓缓神。

我经常会对听众说,"今天的活动,我不是主角,大家才是主角"。尽管我知道没有几个人能听懂我想表达的是什么,但我还是想说,每场活动中,大家看到的是我在台上光鲜的一面,散场之后,我就像是被吹鼓的气球放了气一般,说话上气不接下气,然后就是一番肠胃疼痛的折磨。其实更多的时候,我会有一种疲倦之后的游离,而这种游离我从来不会显现在自己的面部表情上,因为我不希望我的情绪伤害到任何人。

当我喝完老妈递过来的温水之后,我新书的责任编辑杨老师,给我抓了一把糖,让我先吃点糖,压压惊补补能量。在寒冷的北京城中,我原以为这几天我的状态会像北京上下班的交通一样堵塞,没想到,人与人之间的这份关心,却打通了我内心的堵塞。

北京的滴滴司机告诉我北京的路是最直的,那个时候我忽然觉得我们的心是最弯的。以前办活动,最怕的就是活动结束之后,自己一杯温水的需求都无法得到满足时的失落感,但是,这次活动让我明白了我的失落并不是因为别人没有给我准备这杯温水,而是因为自己这颗心没有遇到对的人、对的事情、对的时间。而此刻,让我豁然开朗。

身边的一切都是在变化之中,就连我们的那颗心也是如此,我们的所爱也在随着我们的变化而变化,但是不管身边的一切如何改变,你依旧爱着不断改变的我——这是一件多么让人庆幸的事情!

远方的方向

出南站的时候，整整晚点了一个小时，出站时，我才察觉到外面的天气不怎么好。这天，秦老师要外出办雅集，抽不开身来接我。

广州的夜景灯火通明，归心似箭的心情，让我早已迫不及待地想回到住处。进入地铁站后，眼前是乌压压的一片，准备掏出地铁卡过安检，才发现出去采风的时候把卡丢在了外地，正准备去购票的时候，发现十几台购票机前已经是人潮涌动，瞬间傻了眼。

我知道这样等下去不是办法，索性回头坐上了电梯，准备去公交车站。

"靓仔，打个的士啦，又不贵！"满口的粤语版普通话，不用回头，就知道是广东本地人，其实我很反感这样的拉客方式。

在来来往往的车辆中，一阵争吵声在人群中显得格外嘈杂，细细听来是两位司机为了抢客，互相压价而起了争执。

我叹了一口气，原本是满载而归的心情，忽然被这拥堵的城市给挤压得不复存在。我素来反感抽烟的人，更何况是在空气极其糟糕的公共场所，然而旁边的这位中年男士却抽得不亦乐乎。

我默默地祈祷着公交车快点到来，可我越是讨厌尼古丁的味道，那味道却越是熏着我，躲也躲不过。不料此时中年男士开口问我："这是要急着回家吗？"

我带有几分对他的反感，勉为其难地点点头。

"打的士回家吧，这个点已经没有公交车了！"

我看着他手中的烟，似乎有些犹豫。中年男士很快意识到我是不吸烟的一类，立马解释道："晚上开夜班，为了不犯困，抽支烟提提精神！"

我沉默着不知道如何回答。

"大家都不容易，出门在外总有不便，多体谅一下！"他继续说道。

其实决定就在这一瞬间，当我准备把行李放在的士后车厢的时候，没想到另外一位拉客的司机跑过来扯我的包，在我几度拒绝之下，他把我放弃了。在这个拉扯的过程中，我的手被包上的拉链重重地划了一个小口子，隐隐的痛却到了骨子里。

车开始在川流不息的路上行驶了。深夜的广州，尽管灯光璀璨，但是这种扑朔迷离，给我带来了丝丝的不安。

车内的广播忽然播放歌曲《时间都去哪儿了》，霎时让我陷入了沉思。

那是在 1998 年，我家开着酒店，我好像还在上幼儿园，人事不懂，每天放学回家，就是在酒店的前台做作业，或者是看电视。那时在前台，会有客人经过拿我当玩笑的把戏，然而不懂事的我还跟着一起人来疯。

一个夜雨天，忽然酒店前台过去一群酒气熏天的人，其中一位善后的跟班在前台签了名就准备离开。

那个时候前台结账签名，并不是像现在用信用卡签名买单，而是赊账。

忽然老妈从楼上直奔了下来，问前台的工作人员："他们又是欠账？"

随后老妈连把伞都不拿，直接冲到倾盆大雨之中，拉住了两辆电动三轮车的后车厢。那一刻，老妈女性的一面，仿佛是被雨水洗刷得无影无踪，两辆电动三轮车原地无法开动。夜雨早已模糊了外面的世界，但是老妈奋不顾身的那一幕，却这般清晰地呈现在了我眼前。我吓得抱着前台的姐姐大哭，我知道这是老妈在要账，在向那些死皮赖脸的人要账。

钱最后要到了，但那些钱是老妈从地上捡起来的。

老妈从雨中回来了，进了门，雨水从头到脚地湿透了全身，衣服紧紧地贴着身体。

我不知道老妈有没有哭，但是她的眼睛是红的，我分不清到底是雨水湿了她的脸，还是泪水所致。

前台的姐姐赶紧抱着我给老妈递上毛巾，说："大家都不容易，他们为什么老为难咱们这家？"

老妈接过毛巾的时候，我才发现她的双手已经布满了鲜血，是从细细的掌纹中流出来的……

"小伙子，您是过来出差还是从外地出差回来了？"

我忽然意识到是司机在与我说话，看着车窗外流动的风景，我瞬间觉得自己以前的一切都极具梦幻，尽管时隔这么多年。

"刚回来！"我心不在焉地回答。

我的脑子里仍想着那年在雨夜中的情景，不由贸贸然问了一句："还好吗？"

司机很诧异，其实我的贸贸然是本能地在记忆中问老妈"还好吗"，不想却在现实中说了出来。

手上的伤口忽然痛了起来，流的血差不多已经干了，尽管是小伤口，尽管窗外微弱的、泛黄的灯光不时地闪烁着，但是这个伤口却是这般的显眼。

看着伤口，我的眼睛能容下这座城市的风景，却容不下一滴泪水。1998年的我，竟然笨到认为血是从掌纹流出来的，而不是从伤口出来的。

我莫名地对司机说了声"谢谢"，尽管换来了司机的不理解。

当初我选择这座城市，是因为心头一动；那年的记忆至今不曾忘怀，那是因为心头一痛。原来，喜欢是心头一动，爱是心头一痛。

但是这么多年过去了，我们都在追求远方，以至于本末倒置，远方变成了我们的家，我们的家却变成了远方。

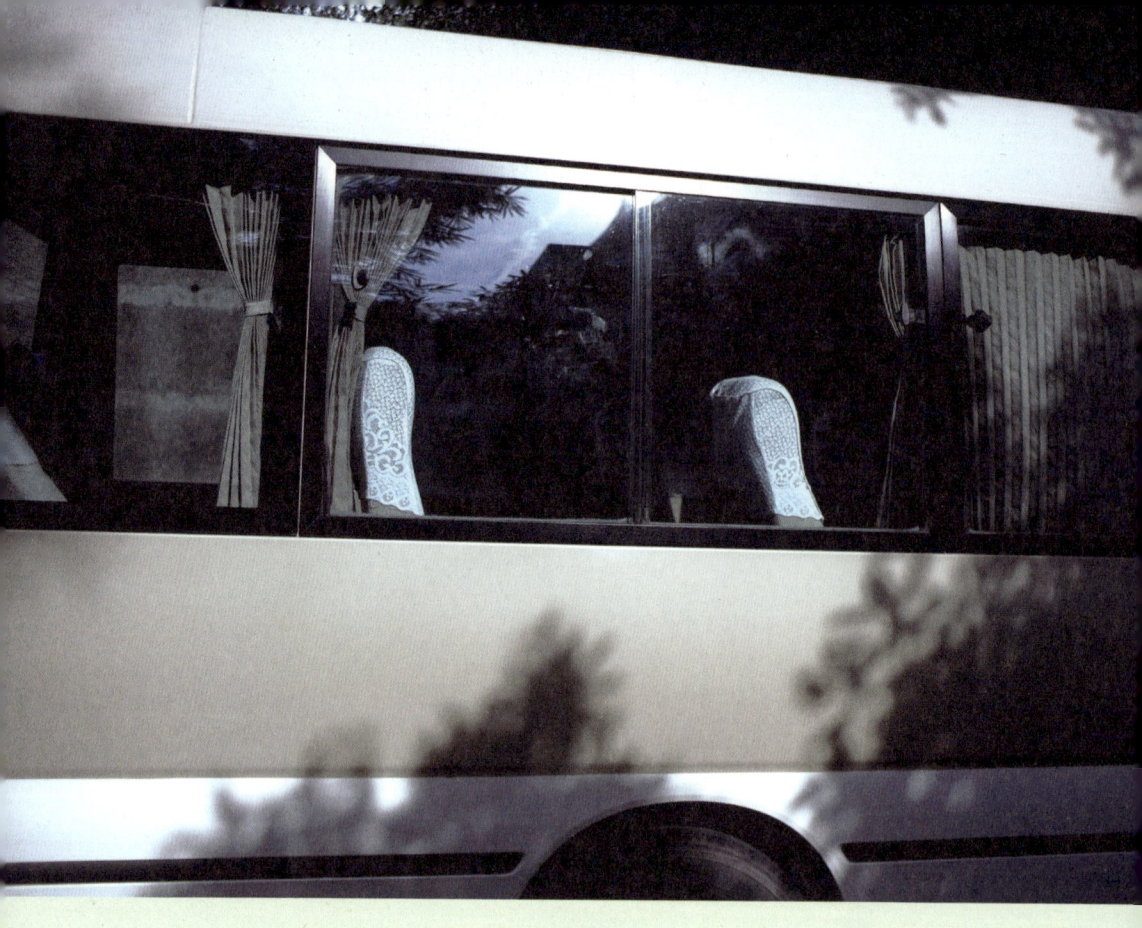

远方有多远?
儿时是希望快点走出去,
长大后是希望能回家。
远方的方向,
永远和你保持着距离,
没有出发站,
更没有终点站,
而我们始终处于行驶的状态。

我们很希望所有的事情都能掌握在自己手上,
但是我们的巴掌就那么大,
所承载的东西太少太少。

那些握拳头的岁月

一天傍晚，外面下着寒雨，姚姐开着车来山上找我喝茶聊天，三五个人不知道怎么的，把话题扯到了各自以往的经历。我提到了前段时间在座谈会上遇到的一位老学者，我把那天我从老学者身上得到的一番感动和启发，表达了出来。

姚姐说："家家都有一本难念的经。苦难才是人生最好的学校！"

我非常赞同姚姐的观点，因为姚姐和我老妈同龄，我便把老妈最近的疑惑告诉了姚姐，希求能从她那里得到帮助，以此找到安慰老妈的办法。不想姚姐给我讲起了她曾经坎坷的经历。

"所有的磨难，都抵不过时间，都会随之而去的。你老妈目前的疑虑，也会慢慢过去的。人活着，只要是钱能解决的问题，都不叫问题，平安和健康才是关键！"这是姚姐的开场白。

紧接着，姚姐说："曾经有一个包工头浑不讲理，简直就是一个赖皮，在我办公室要一笔不知所谓的款项，根本是空穴来风，没有由头，也就是这样，我家先生，对他整整好言相劝了一年！"

我好奇了起来："这一年是怎么过的呢？"因为我能猜测到，这里面绝对有不为人知的故事发生。

姚姐接着说："他要了钱以后，第二年接着要，并且还让自己八十多岁的老母亲天天待在我先生的办公室，而且这老人家还时不时摔东西，我家先生白天就是在这样的办公环境陪着老人家工作。有时候手头上不忙的时候，我家先生还会陪老人家聊天，给她端茶倒水，老家人脾气暴躁的时候，都会把茶水泼到我家先生的身上！"

听到这里的时候，我不由打断姚姐的话："难道你家先生不生气吗？人的脾气都是有底线的！"

姚姐说："我当时都快要崩溃了。我报警，警方说超过60岁的人警方是不可以轻易带走的，而且苍蝇不叮无缝的蛋，肯定是我们有问题，人家才找到这里的！那时候我也是极度无语，更无可奈何。有时候那老人家见到我，直接拿拐棍打我，我对老人家说，'像您这个年纪的人，都在烧香拜佛积功德'，没想到老人家说她替儿子要到钱就是在积德。"

姚姐接着说："我家先生有时候真想把拳头伸出去打人，但是这位老人家的出现真的像是在度化我们全家一样。我家先生在一次次忍辱之后，顶多也是在思想上冲动，手中真正的拳头并没有打出去，而我却受不了这种打击。来自各方面！"

姚姐说各方面的打击，一方面来源于生意场上的事情，另一方面来源于家里孩子的叛逆。听到这里的时候，我不由自主地对号入座到自己的老妈身上。我对姚姐说："我姐姐现在给我老妈施加了很大的压力！"

姚姐瞪大眼珠说："你姐姐怎么会给你老妈施加压力呢？"我知道姚姐想表达的是，我姐姐怎么会这么不懂事。

我解释说："并不是我姐姐故意给老妈施加压力。有时候某种隐性的压力是最恐怖的，姐姐有时候不经意的一个举动，都会让老妈心生担忧！"

姚姐说："任何坎儿都能过去的。告诉你姐姐不要着急,这些磨难是谁都要经历的,只不过大同小异,没有这些磨难,人永远长不大!"

我的眼神在问姚姐"是吗"!

姚姐说："像我,那时候自己真想逃到深山老林里去。当一切事情过去之后,现在回头想想,那时的经历真是必不可少,当你应付完这一切之后,还没好好享受,却发现孩子都大了!随之而来是下一波的事情等着你去处理,周而复始,渐渐地你会发现,你的事情从来没有停止过,这些事情只不过是在耗着你,直到你老了,耗不动了,你才安心了,孩子也长大懂事了。"

我问姚姐："你们当时是怎么迈过这个坎儿的?"

"我老公一次次把心中的拳头给松开,然后用时间换取空间,整整陪着老人家度过了一年。有时候反而把老人家给逼急了,她把我和我家先生的名字写在外面的墙上,注明我们是流氓无赖,这简直是人身攻击!那时候我家先生再三安抚我,让我不要在意这些无赖,终有一天会得到解脱的。"姚姐讲的这番经历并不能说服我什么,但是姚姐补了一句话:"一个人有多强大,并不是这个人能做什么,而是能去承担什么,这是最关键的。我家先生就是扮演着承担的角色。这个过程,不管是我和孩子,还是包工头的死皮赖脸以及老人家的纠缠不清,我家先生勇敢地承担起来。与其说是我家先生用时间换取自由的空间,还不如说是我家先生用包容换来了对坎坷的宽容。我有时候在想,如果那时候我家先生的拳头伸了出来,后果将会是怎样?我庆幸的是,在难关面前,我家先生把心里的拳头给松开了!这些人并不可恨,如果因为自己的冲动而无法回头,那才叫真正的可恨!"

我想起姐姐曾经说过她活不下去,我也想起老妈曾经说过她为姐姐的事情真想一睡不起。对比这些，她家先生的那个拳头，仿佛就在我眼前。有些时候有些人，一旦握紧拳头，要么是伤害别人，要么是伤害自己，我姐姐就是最好的一个例子。但是我们都会忽略掉最关键的一个问题：我们为什么要握紧拳头？

晚上睡觉之前，我打开微信，编了一段文字发给老妈：妈，给您讲一个故事。当年释迦牟尼佛用尽了所有办法，都无法度化东城老母，东城老母死活不肯见释迦牟尼佛，没想到阿难尊者的到来，使得东城老母信受奉行，并且热情招待阿难尊者。有时候我们所面临的磨难，一时难以化解，即便你我再厉害，都无缘解决，不是这些障碍难以对付，而是没有等到可以化解的机缘，磨难就像东城老母一样冥顽不灵，但并不是无药可救。人与事就像人与人之间，再棘手的事情，缘分和机缘没到，即便是水到渠成都会道阻且长，面对这些，时间终将我们度化。

虽然我至今没有找到让老妈宽心的方法，但是对磨难的那份憎恨以及那双握紧拳头的手，忽然释然和摊开了。我相信我就是老妈的手掌，到底是摊开释然，还是紧握拳头攻击，完全看自己的念头。一念之间就是不同的天地，我愿意做老妈摊开的手掌，我更愿意做身边每一位不顺意之人的手掌，摊开接纳，将那握紧拳头的恐惧，一一消除。

我期待用那双摊开的手，去化解一切的灾难，愿我所爱和爱我的人都圆满自在。

当年释迦牟尼佛用尽了所有办法，都无法度化东城老母，东城老母死活不肯见释迦牟尼佛，没想到阿难尊者的到来，使得东城老母信受奉行，并且热情招待阿难尊者。有时候我们所面临的磨难，一时难以化解，即便你我再厉害，都无缘解决，不是这些障碍难以对付，而是没有等到可以化解的机缘，磨难就像东城老母一样冥顽不灵，但并不是无药可救。人与事就像人与人之间，再棘手的事情，缘分和机缘没到，即便是水到渠成都会道阻且长，面对这些，时间终将我们度化。

来不及年轻
就老了

我们总喜欢在自己的臆想中，高估或者低估身边的一切，对于简单我们想象成了复杂，对于复杂我们想象成了迷离，在这纷杂的城市和人群之中，单纯仿佛是一件奢侈品。有时候人最不自量力的地方是自不量力，在这个矛盾的空间关系中，我们希求慢生活慢下去的时候，又在内里告诫自己不进则死的教条。你以为你看明白了这座城市和这个人群，其实都是你的想象构造了这个世界的恐慌与不安，当做到心无挂碍和无有恐怖的时候，真正的了解和懂得，并非是你对周遭的防范与防守，而是明白了，依旧淡然。素直的世界，看上去清淡，却在反复与凡夫、欲望与绝望、成长与死亡、成就与违缘中，不失姿态和信仰。

You're
Only Young
Once

CHAPTER
FIVE

素直的
空间关系

味的道 / 过往食味 / 你迟了 / 意愿和愿意 / 闯入
想你的时候很美味 / 熟悉的情怀

味的道

自从肺炎好了以后,我的饮食特别清淡,曾经那些味道略重的食物,现在都已经被我拒之门外。有一次清晨散步,路过一家卖早餐的路边摊时,我买了三个白菜包,一包袋装的乳酸菌,一切都是那么的不经意。当我吃着这份路边摊的早餐之时,唇间的乳酸菌瞬间让我全身心一个激灵,我目不转睛地看着这包乳酸菌,沉思了好久。

记得在广州的时候,我也经常步伐匆匆地路过早餐店,然后快速打包早餐,捎带上一份乳酸菌。那时候吃在嘴里的是忙碌,广州的生活节奏根本无法让我咀嚼生活的滋味。对于年轻人而言,每个人都在忙,总以为加快速度就会达到终点,殊不知每一次的结束都是一次新的开始,无限轮回,直到有一天,自己身心疲惫时,发现自己的付出和结果总与设想有距离。

曾经,我的小表弟让我画人生的色彩,当时我不知如何下笔。这座城市,这般奔波,在形形色色的人群之中,在林林总总的新鲜事物的诱惑之下,自己就像是这座城市的霓虹灯一般五彩斑斓,闪烁得半真半虚。

很多情况,我们高估了自己的承受能力。这个城市的味道很多,我们就像是一盘菜,并不是每种味道都属于自己的这个盘子,也不是加入所有的调料,就能做出一道五味俱全的佳肴。

有时候忽然觉得满大街都是吃的,竟然吃不到一份让自己满意的晚餐,但是自己盘中的那份餐,却在别人的心中美味可口。这个城市的味道,竟然把彼此熏得连属于自己的味道都找不到了。

我在沉思着，车依旧在路上行驶着，手中的这份乳酸菌的味道全部进入了我的肠胃。虽然很清淡，但是喝起来，却润到了心里。

记得刚来湖州的时候，就特别喜欢喝这里的乳酸菌，它并没有什么与众不同的地方，在广州，在杭州，在武汉各个地方都有，但是我却无法明白为什么会喜欢上这里的乳酸菌，我想生活也是如此。

以前之所以尝不出乳酸菌的滋味，那是因为忙碌的自己，根本不明白什么叫作"人间有味是清欢"。城市中琳琅满目的事物让我们的内心世界不断地膨胀，以至于再美好的东西呈现在自己面前，我们都会审美疲劳。其实，不仅仅只是食物需要我们去细细品尝，人或事都需要我们去尝，但是我们往往只做到了尝，却不懂得如何去识。

以往没能喝出乳酸菌的味道，更多的原因在于我只把它当成物欲的填充品。而今，同样的一种食物，我忽然尝出它本有的味道，那是源于时光对我的改变，经得起时光的酝酿，才能有生命的厚重感，才会有资格领悟到这包乳酸菌是生活的润滑品，虽然是同样的唇齿，但是在我们口中的过滤方式不同了，呈现的味道也不一样了。

食物呈现的是生活，生活呈现的是人。

过往食味

家里人喜欢吃面食的不多,唯独我钟爱面食,家人都很好奇。好几次姐姐解释说,虽然我的户籍在湖北,但我是在河南出生,骨子里还是有河南人吃面食的习俗。

其实我吃面食的习惯并不是姐姐所说的那样,而是寄养在奶奶家的那些年,被堂妹馋出来的。不知道长大后还说奶奶偏心,算不算还没长大?总之,小时候我对奶奶的偏心总感到愤愤不平。

奶奶的厉害怎么说呢,就拿爷爷做例子,他一辈子在奶奶面前没有发言权,以至于在父亲这一辈之中没有任何威严。而我怕奶奶,等同爷爷怕奶奶那样。

奶奶和别人反着来,疼女孩不疼男孩,疼外孙不疼孙子,我遇上这么一位奶奶,自然日子好不到哪里去。所以,当我与堂妹闹矛盾的时候,奶奶总说我没有一个老大的样子。

其实奶奶是一个很不会过日子的人,比如眼下的时令蔬菜是茄子的时候,奶奶真的可以连续好长一段时间天天做茄子,而我这一辈子最讨厌的菜便是茄子了。

那时,堂妹还小,有时候放学回家一见到茄子就不吃饭,奶奶没辙,总是会在门前的包子店买些包子哄着堂妹吃。看着堂妹吃得津津有味,奶奶时不时还会发出感慨:"你这孩子一受苦,我就看着就心痛!"

其实我和堂妹一样,看到满盘子的茄子,毫无食欲,即使在很饿的情况下,也没有拿起碗筷的冲动,吃饭的时候都是将菜汤泡在白米饭中,连咀嚼都没有,含到嘴里直接吞下肚了。记得一天中午放学回家,看到饭桌上是茄子的时候,我瞬间把手中的碗放下了,不知道怎么的,碗忽然滚到了地上,结果遭到奶奶一顿毒打。她顺手拿起锅铲往我眉心处敲,打得眉心处鼓起了一个包,但是我并没有流泪,因为我痛得顾不得流泪,整个人都懵了。还没等我缓过神来,便听到奶奶的臭骂:"也不看看现在都多大了,还学你堂妹挑食,一点出息都没有,你这辈子算是完蛋了!"

最让我难忘的却不是这个。以前每天早上起床,吃早饭的时候我一看菜式还是跟昨天一样,就没有了食欲,但是忍不住饥饿,只能大口喝完一碗白粥,再拿起书包,和堂妹一起上学去。每次临走的时候,奶奶都会给我一块钱,叫我给堂妹买早餐。

那时候的一块钱能买四个包子。玉米馒头、小笼包、黑面馒头、咸菜包、豆沙包……时隔这么多年,学校门口包子店里的包子品种,我都能一个不少地背出来。四个包子对于堂妹而言太多了,每次她剩下的都是我来"节约",堂妹的浪费对我而言,是早餐的福利。

记得那时候学校每年都会打流行疾病的预防针,每人二十块钱。一天,我和堂妹回去问奶奶要钱,奶奶给了堂妹,轮到我的时候,却迟迟不见奶奶有什么举动,我就多嘴说了一句:"奶,我也要打预防针!"

不料奶奶眼睛一瞪:"你妹妹打预防针,是因为她小,你这么大了,还打什么预防针?"我顶了一句:"预防疾病不分人小!"

奶奶气得要打我,但是忍住了。一旁的堂妹说:"奶,我哥每天强迫我把买的包子给他吃,我早上都吃不饱!"奶奶听到后,顺着墙角拿出扫把,狠狠打了我一顿。

早餐的价格从一块钱上涨到三块，对于堂妹而言，变的是数字；对于我而言，除了年龄和时间变了，那每天浪费的面食依然是没有变。尽管从那以后我再也不吃堂妹剩下的早餐，甚至连最后一次吃那剩包子是什么滋味都忘记了，但是我心里对包子却有一种莫名的想念，一种无法用言语表述的想念。

人这一辈子念念不忘的东西有很多，比如某个亲人，某件不曾拥有的物品，某个让你咬牙切齿、让你恨到骨子里、厌到心里的人或事……而我则对包子念念不忘。

尽管这些事情已过去多年，但我还是会经常问自己，到底是因为无法释怀，还是因为不能抹去记忆才念念于心。总之，每一次看到包子的时候，总会有一道曾经的影子一闪而过，尽管是瞬间，但足以触动我的心。

很多时候，在外面办事解决三餐的时候，我都会刻意地去点和包子有关的面食，这种刻意由不得主观意识的控制和思量，而是本能的第一反应。但是这么多年过去了，我再也吃不出当年包子的味道了。

吃着当下的包子，怀念过去的味道，念念于此根本无法自拔。我曾经和身边的朋友们分享过类似的事情，总觉得小时候的月饼比现在的好吃，小时候过年尽管吃的东西少，但比现在开心很多，每当分享这些的时候，大家都会产生共鸣。

以前物资虽然匮乏，可我们的精神是充实的；现在物资充裕，可我们的内心世界却是一片空虚。直到有一次，一位八十多岁的老人家问我："现在的包子什么味道？"

我竟然哑口无言不知道如何回答，老人家却骂我身在福中不知福，说："年轻的时候我也挑，挑到最后，我发现我连吃包子的能力都没有了！"看着老人家屈指可数的几颗假牙,我下意识地用舌头顶了一下自己的牙,然后庆幸自己的牙还在。

"什么味道都不重要,重要的是要珍惜当下的味道,想想现在拥有的,哪一样不比过去好?但现在一旦拥有了却认为它乏味,反而认为以前的东西有滋有味。以前的东西之所以好,那是因为是我们苦出来的,认为那些东西值得珍惜,现在的东西多了,反而不懂得惜福了!"

"牛饮水是成乳,蛇饮水成毒",老人家的话在某种程度上,是在叩问我这么多年,内心世界的一个结。其实我怀念的并不是当年的包子味道,也不是挥之不去的影子,而是被奶奶那般历练,从而成为一个独立者的过程——这一饮一啄之间,如人饮水,冷暖自知。

其实时间能证明世间的一切。我们步入社会之后,最让奶奶夸赞的当然是我,因为同辈当中只有我无需父母操劳。甚至奶奶在炫耀手上的戒指时,毫不顾忌一旁的爷爷,说她人生的第一枚戒指是我送的。

人的成长一直在食味的改变中而改变,食在口中,味在人间,或许明白这些道理,才足以谈过往的千滋百味。

You're Only Young Once
—
164

再怎么千滋百味的东西,
都会在时间的淡化下,
变成回味。

曹丽黎 / 绘

Chapter Five

165

味道一旦进入记忆中，
永远是值得回味的，
以至于当下的不珍惜，
过去的忘不了。

摄影/肖二

你迟了

徜徉在创业园中,我邂逅了一家没有主题的咖啡馆。它之所以能让我眼前一亮,是因为咖啡馆里的设施是以怀旧为主题,比如说手电筒、黑白电视机、老牌的自行车,还有革命题材的手绘海报,置身其中仿佛瞬间被拉回到了二十年前。

这附近有三家咖啡馆,这家不起眼的咖啡馆显得有些冷清,正是因为这种冷清,加之这般安静的怀旧气息,让我成为这家咖啡馆的常客,其中最主要的原因是店小二调制的拿铁口感温润。

以前我在一些咖啡馆经常遇到作家,带着笔记本,叫上一杯咖啡,然后坐在一角,一边听着空间萦绕的音乐,一边敲打着键盘。去过很多地方的咖啡馆,你会发现,原来这世上文艺青年可以那么多,而且特别的小资。

我可能是个奇葩,很多年轻的作家寻找灵感,需要借助星巴克这样的小资氛围,而我则喜欢窝在家中,肆无忌惮地敲打着电脑键盘,行云流水般写着自己想写的文字。

我第一次见到这家咖啡馆的时候,便主动到小吧台前,问调制咖啡的店小二:"请问你们老板在吗?"

"哦,老板刚出去了!"这么小的一家咖啡馆,估计只有这位店小二和老板二人,听到老板出去的消息我也没有接着往下问,而是静悄悄地坐在一角,一边喝着咖啡,一边听着二十世纪九十年代流行的怀旧歌曲——"无助的我,已经疏远那份情感,许多年以后才发觉,又回到你面前"。

就这样反反复复好几次，我来这家咖啡馆都没有遇见店老板，倒是在这家咖啡馆的宁静、简约的空间中，感受到了那个属于过去年代的深远味道。在这个过程中，我也会见到几位咖啡馆的常客，久而久之，和他们见面时都会微微一笑，不过并不曾打招呼。

终于有一天，音响里放着"久违的你，一定保存着那张笑脸，许多年以后，能不能接受彼此的改变"的歌曲之时，老板来了，不用店小二介绍，我的直觉告诉我，他便是这家店面的老板。

我向老板点头示意，老板看起来也非常随和，他请我坐下，然后把椅子微微往后一挪，坐在了我面前。我迫不及待地开口问："您好，您的这家咖啡馆非常有特色，我是一本杂志的副主编，我想做一期您咖啡馆的主题采访，不知道方便吗？"

老板似乎很淡定，说："欢迎你们过来采访拍照！"我觉得这家咖啡馆，一定会给我带来很多主题灵感，我把我的想法告诉了老板，准备以"慢生活慢下去"为主题，进行杂志的图文专题宣传。

不过，第一次和老板见完面，出于手头上杂志的千头万绪和一大堆稿件的筛选与策划，我来拍摄采访的时间一时没有敲定下来。

一段时间忙碌之后，我终于在某天下午腾出时间来到这家咖啡馆。这次来是带有工作任务的。但是来之前我找不到当时老板给我留的联系方式，就索性自己先登门拜访，然后再给摄影师消息。我本想着趁着下午的好光线，拍一些咖啡馆的好图，但来之后发现一切都不是我想象的那样，偌大空间的咖啡馆已经没有音乐，而是回荡着一群人在打扑克牌的声音。我轻轻地推开了玻璃门，一股刺鼻的烟味迎面扑来，我立马把门给关上，扭头就走。

回到编辑部之后,摄影师已经把我的《慢生活慢下去》的专题文章看了一遍,见到我的第一面便说:"这是我见到你最近几期,写得最好的一篇专题,非常有感觉!"

也是等了很久,我才对摄影师和文编说:"下期杂志的专题现在要重新策划!"可能大家从我的表情中看出了我的不悦,所以不敢问为什么,但他们肯定是有疑惑的。

一段时间过后,之前在咖啡馆享受怀旧时光的画面,时隐时现地在我脑海中浮动,虽然那天很不愉快,但还是有种冲动,想给他们一次洗牌的机会,让一切画面重新再来。有一天摄影师问我:"怎么咖啡馆的专题忽然不做了呢?之前还听你绘声绘色地描绘这家咖啡馆,半个月前我还特意去感受了一番,确实不错!"

我把那天的经过告诉了摄影师,摄影师沉思了很久:"你要知道,文艺和现实的区别是非常大的,这个你要分清!"

我不假思索地回答:"我分得非常清楚!"

"或许你可以换个角度考虑一下,你喜欢的是什么,无非是希望在咖啡馆找到过去时光中的慢生活,然后结合当下快节奏的生活压力,谈一谈'慢生活慢下去'的生活态度!其实你要的非常简单,你要的是一种感觉,那你为什么非要将一些无所谓的人,强加在你自己的感觉之中呢?我认为破坏你感觉的不是那帮吸烟打牌的人,而是你自己破坏了自己的感觉!"摄影师的话让我哑口无言。

当我再次找之前写的专题稿子的时候,我才想起我把稿子给删了,连同打印稿都在我的粉碎机里。我试图再次去写,努力了,但是当初创作的感觉全然找不到了。

最后我决定和摄影师选择在下午的时光,来这家怀旧咖啡馆,再次重温之前的感觉!

我和摄影师怎么也想不到,这家咖啡馆已经不在了,内部的装潢也开始换了。摄影师准备去打听,我却拉住了她,轻声说:"不用问了,已经不在了!"

在此后很长的一段时间,我都为了此事捶胸顿足,后悔莫及。自己当时陷入了一个死胡同,把一切想象得太过美好,然后把自己的美好强加在周边人的身上,以至于错过这么好的怀旧时光。我多少次在有灵感的情况下,准备用文字去书写当初那段美好的时光,却发现写出来的文字有些词不达意。

喜欢这种心情,有时候说不出理由,但是讨厌一个人或一样东西的时候,你能有一千条一万条理由,往往能说出个子丑寅卯。起心动念一瞬间,错过也只需要一瞬间,这些道理自己明白,但是还会去受挫。等到为了某人和某事后悔莫及的时候,就真的应该好好问问自己:一辈子有多少个来不及?

多年后,以至于我辞去了杂志社的工作,仍然对此事念念于兹。在某个阴雨天的下午,我无意间翻开一本书,看到了一则故事,讲述的是永观法师一生精进修行,一次在佛堂经行念佛的时候,忽见阿弥陀佛从法座上下来,在前面引领他一起经行。永观法师一时惊讶、感动,正踌躇的时候,阿弥陀佛忽然回头对他微笑着说:"永观,你迟了!"从此在这个寺院,有了一尊独一无二的"回头阿弥陀佛像",是永观法师感念阿弥陀佛的悲心,特地请匠师创作而成。

永观禅师只因多了一个刹那的念头,就脚步迟了。生活中,我们也往往因为某个杂念、某个迟疑的瞬间,错过某些原本美好的事物。而这种错过,有时是不可逆的,错过了,就永远错过了。

Chapter Five

171

曾经如此，
此后不再。

You're Only Young Once

172

Chapter Five

太多的结局都不尽人意,
往往在一开始的时候,
人意的深度便如同海底。

意愿和愿意

接近年底,天气越发寒冷,外面的事情也越来越多,我经常因为书馆的活动忙到九点以后才回去。

书馆离我住的地方大概有二十分钟的车程,我住的地方算是比较偏僻的,在网络打车业务还没有普及到我们这里之前,晚上打车至少需要半个小时,有时候的士司机一听到我所住的地方,要么拒载,要么要求不打表。

拒载的原因是因为目的地偏僻,司机觉得打表不划算,实则还有一个重要的原因,是怕晚上不安全。我曾经几度为打车失败而感到无奈,直到后来网络打车业务发展到我们这里,才方便了很多。

其实一切并不像我想象的那么顺利,在网络上打车之后,虽然有司机接单,但是司机总在电话里要求额外加钱。每次听到这句话的时候,我都会二话不说把电话挂掉,然后主动申请退单,在投诉这一栏中毫不留情面地评论,后来想想,哪个司机接到我的单,还真的挺倒霉!

有一次,我非常顺利地打上了快车,在回去的路上,灯光照明显得路况并不好。车内很安静,我坐在副驾驶上,头微微偏向司机这边,轻声问:"请问你们平台打车业务,在接单的时候不看目的地吗?"

"情况有很多种吧,其实您这个地方相对而言确实比较偏僻,一般送您回家,我们回来的时候，多半是空车，司机觉得不划算；而且像您这个点打车，地方这么偏僻，司机们为了安全，也不愿意载客！"我打断了司机的话："但是有时候我在六点左右的时间段打车，也有司机表示不愿意接单或者要求加钱，这是为什么呢？"

"我们快车，每天在上午八点到九点，晚上六点到七点，只有在这两个时间段我们接单超过五次，平台会有几十块钱的奖励，您这一单路程太偏太远，估计冲单有些麻烦吧！"

"我看您开车挺娴熟的，也非常了解路况！"我其实想问他为什么会这么爽快地载我，但我不知道该如何启齿。

"司机嘛，什么样的乘客都会遇见，有时候都是搭乘一程的缘分，钱嘛，都是赚不完的，载谁不一样，方便别人就是方便自己！"听到司机的这番话，我当时就要求以后常联系，问他能不能成为我固定的司机，但他表示只是用业余时间载客帮衬家庭生活费，很多时间不方便，所以拒绝了我。

前两天，我又再次被好几位司机拒单，无奈之下，我加了十元钱的小费，终于抢到了一单。

我一上车，司机就开始抱怨路况太远，不得已才接了这么一单。走到半路的时候，见他有些不耐烦，我内心的担忧一直暗自涌动着，只能强装着镇定，直到司机苦笑着对我说了一句："前面就是我家，本来是准备收单了，老婆叫我回家吃饭，今天是平安夜，准备回去团聚的！"

听到他这样一说，我的心灵深处涌动一股莫名的暖流。毕竟团圆一词对于很多客居异乡的人而言，是非常奢侈的一个词语了。

我笑着说："那您可以拒单啊！"

司机振振有词地说："我嘛，用老婆的话说就是嘴碎不讨人喜欢，心还是挺不错的，今天是平安夜，我想着你也是要回去过节的，又刚好和我家是同一个方向，我送你的话顶多晚十几分钟回家。我们养家糊口不容易，你们年轻人也不容易！"

听到这里，我很庆幸我那会儿按捺住了自己的情绪，没有当着司机师傅的面表达自己的不满。我想，在很多情况下，我们都不了解对方的处境和无奈，有时候只是一味地想着自己要怎么样就怎么样。

我从来没有想过，一路搭乘的司机，竟然用不同的面孔给我上了很重要的一课，给我带来了很多的感动。生活中的方便无非是身边的小事，触手可及才能力所能及，意愿和愿意是完全不同的两种态度，看似相近，实则相反，而我们总喜欢把自己的意愿强加在别人的身上，也不管对方是否愿意。

闯入

连续几天的冷雨天，我愈发不想出门，自己吊在网上也下不来，看了几部纪录片之后，我准备关掉电脑，却意外发现，电脑旁的满天星上有一只蜻蜓。

我非常诧异，外面朔风凛冽，如何会有一只蜻蜓出现在我的房间？惊讶之余还颇为惊喜。我缓缓地起身，关起了房门，生怕这个小家伙会飞走。房间处于封闭状态之后，我静静地坐在电脑面前，端详着满天星上的蜻蜓，却意外发现它纹丝不动。我原以为是天冷的缘故，便不假思索地打开空调的暖气，不曾想，这只蜻蜓的几条腿都僵硬到一块，它已经死在了满天星上。

这只蜻蜓最终还是没熬过冬季，但是它选择在我的房间内，在满天星上静静地离去。我想，自然的回馈最是难得，自然也不会将它拿走，而是选择让这只蜻蜓与我共处一室，让它在我房间里静静地待着，我非常尊重这场生命的选择。

天气开始回暖了，即便是晴天也不怎么爽朗，好在空气中带着几分的暖意。长时间紧闭窗门的房间，早已是空气不流通，我正准备打开窗子，意外发现一只蜜蜂在隔窗上抖动着小翅膀，我好奇这段时间怎么会有这么多小动物选择来我的房间。我轻轻地打开窗户，忘记了手头上的文案，专心看着这只抖动着翅膀的小家伙。

晚饭过后，天色渐黑，我准备关闭窗户的时候，看到这只小蜜蜂仍在窗格上，我想肯定是天太冷了，小蜜蜂才会选择落户在我的房间。对于这位不速之客，我表示热烈的欢迎，便再次小心翼翼地关上了窗户。

晚上，朋友来找我喝茶，听到房间里有嗡嗡作响的声音，便问我怎么在大冬天还有蚊子。我笑着说不是蚊子，是因为我收留了一只小蜜蜂，正在我房间玩耍。朋友劝我赶紧放出去，不希望上演《农夫与蛇》的故事，结果被我当耳旁风。

朋友的话应验了，我果真被这只蜜蜂蜇了一下，右手的中指立刻红肿了起来。其实并不是这只蜜蜂有意地蜇我，而是我在清理桌面的时候，不小心碰到了窗台上休息的蜜蜂，对于我来说是不经意的触碰，对于这只小蜜蜂而言，却险些要了它的性命。当时我也是吓了一跳，生怕这只小生命会因为我的不小心而一命呜呼。

我用了清凉油和消炎药都无济于事，中指的疼痛，影响我拿筷子和打键盘。后来换个角度想想，借此机会给自己找了一个休息的借口，也是蜜蜂不错的恩赐，而如若换成其他借口，总觉得不能心安理得。

被蜜蜂蜇后的第二天晌午，一位甚少联系的朋友来电，令我颇为惊奇。

电话里寒暄了一阵之后，我委婉地问："最近还好吧？"朋友听出来我话外的意思，便反问我："知道我为什么忽然给你打电话吗？"

我表示不知道她打电话的来意，如果真要是强加自己的思维，顶多猜测朋友最近遇到了不顺，来我这里倾诉，我是一百个不愿意见到如此情形。

但是，我自作多情了！

朋友咋咋呼呼地问了我一句："你知道谁死了吗？"

当听到这个"死"字的时候,我瞬间全身鸡皮疙瘩都出来了,我万万没想到朋友会问这么严肃且又让人敬畏的问题!

我胆怯地问:"是谁啊?"

朋友卖关子说:"你猜。"我无奈地说:"这我哪儿猜得出来。"

朋友继续让我好好想想。她根本不懂我内心的矛盾,我是既想快速知道答案,又不想接受一个让人意想不到的结局。

我忍不住内心的矛盾冲突,言简意赅地说:"生死大事,人生无常,这个岂是我能猜测的,你就说出来吧,免得我的心悬起来!"

当朋友把这个人的名字告诉我之后,我险些把手机丢到了楼下!这么年轻的一位小伙子,同我一般,二十岁刚出头,却这么早结束了自己的生命。我忽然觉得生活的一切都抵不过生命的一场脆弱,在无常的面前,你我都太渺小。

我思考了很久没有出声,朋友以为是手机占线,然后把电话挂掉,重新拨了过来。我看着朋友的来电显示,愣是不知道接听,铃声响了好一阵我才接通。

我痛苦地问:"怎么会这样?"

朋友不耐烦地说:"我也不知道,好几个朋友告诉我这件事情,我才确定不是讹传。管他呢,他是罪有应得,你当初在事业上帮了他一把,他倒好,不领你的情就算了，还造你的谣，人在做天在看，当初朋友们哪个不为你打抱不平？他倒好，上演《农夫与蛇》的故事，反咬你一口，真是狗咬吕洞宾，不识好人心！"

当朋友说到《农夫与蛇》的时候，我下意识地看了看窗格，发现那只蜜蜂早已不存在了。但是我手指的疼痛却还在，此刻我很想知道这只蜜蜂是否在寒冬腊月的天气中得以生存，是不是因为我对它的生命造成了威胁，它才借此离开，尽管我知道蜇过人的蜜蜂很快会死，更知道它们的生命周期。想着手指的疼痛，并非是蜜蜂的无情和无意，而是我不经意的动作，对它的生命造成了威胁，它是为了自保才做出蜇我的反抗。

痛是有的，同时也痛到了心底，经常听说十指连心，但是我却发现内心的痛远远超过了指头的蜇痛。我对朋友说，不管当初怎么样，终究是一场缘分。人与人之间缘起缘灭，不管这个过程遇到了什么，最终成就你的并非全都是善缘，而是那些能让你长记性的，那些你意想不到的不顺，在一步一步地成就你，最后让你成功。

这显然有些词不达意。其实我想表达的是，再大的恩怨都抵不过生死大事，哪怕曾经咬牙切齿，也不值得我们去恨。也就是这几年的时间，我才明白一个道理，我们之所以恨，源于那个被恨的人是我们所在乎的人。

看着那只死去的蜻蜓和那只不知死活的蜜蜂，指头的疼痛让我感知到肉体的脆弱。死者为大，活着足以说明还能拥有！

Chapter Five

—

181

有些时候，
彼此斗得你死我活，
其实所有的难受，
都不过是你情我愿！

You're Only Young Once

182

在生死面前，
所有的一切都不值一提，
而我们却喜欢背负重担。

曹丽黎 / 绘

想你的时候很美味

从郑州到萧山机场的飞机晚点了半个小时,飞机平安落地之后,我和以往一样,打开手机,信息和微信不停地振动着。

司机很准时,结果却多等了我半个小时。回县城的机场高速上,意外堵车,车子如同蜗牛般往前行驶着,司机掏出手机和女朋友发微信。

当然我不知道他们在聊些什么。不多时,司机开始语音聊天:"晚上你要吃什么?"

手机的那边不知道回答了些什么,司机听完语音后,说:"那里啊,挺好吃的哎,不过昨天咱老妈做的菜也挺好吃的!"

接着司机又说:"我觉得在外面吃少点比较好,留点肚子,然后咱们再回家吃老妈做的!"

听到司机说的话,瞬间让我觉得饿了,此时看看手机,已经五点半了。

记得早上赶早去机场,路上需要三个小时,老妈四点就起床煲小米粥了,与其说早起,还不如说她是一夜未睡。我比往常提前起来一个半小时,早起之后,根本没有什么胃口,老妈精心准备的早餐我也是敷衍了事地吃了几口,恨得老妈捏着我的耳朵说:"猴娃子,这粥养胃,你不吃路上不饿吗?"

而我却搪塞说怕路上堵车,垫点肚子就行了,出门在外,哪里有这么方便的。说完,匆匆忙忙收拾完行李就陪着老妈下楼了。

人真的很奇怪,在外的时候,老想着家里;回家之后,心又系着远方的他乡,总是心系两头。我知道老妈的不舍,更知道自己的内心矛盾。我心里是装不了一点事情,只要目标定好,巴不得现在就站在目的地,所以陪同老妈的这几天,我巴不得每天都是最后一天,但又怕最后一天的到来,这样矛盾的心理,自己都无法自拔。

元宵过后,天气忽然变得燥热。早上出门的时候,空气中还带着一丝寒意,一转眼的工夫,高速路四周的雾霾散去,阳光从车窗打落在我的衣襟上,一丝丝的热意几度让我有想脱外套的冲动。我开始坐立不安了,一部分来源于热,一部分来源于饿,毕竟早餐就吃了那么两口。

我很委婉地要求送我去机场的伯伯在服务区停一停,方便我去买点热食,我也很委婉地问老妈怎么样,实质是想问老妈饿不饿。

忽然我的面前出现了煎饺,还能明显感受到煎饺的热度,似乎在我饿的念头产生的那一刻,这煎饺就已经出现了。

看着我一口吃下一个煎饺之后,老妈很自豪地说:"猴娃子,我就不相信你不饿!"

而此时,我更想表达的是,如果有口水喝,那就更棒了,因为此时我已经被噎住了。自然,老妈又很快递过来一杯水。

我看了看玻璃杯中的水,见泡的是绿茶,老妈说:"前两天你嫌茶太苦,今天我就只放了一点点茶叶,带了一点茶味!"果然,只有寥寥几片茶叶在杯中飘荡。我刚喝下这杯茶,不容我思考些什么,老妈便说:"早上起来得早,你把你的座位往后调一调,睡一会儿吧!"似乎老妈做的每一件事情,都正中我的下怀。

在阳光的暖意之中,虽然我带有困意,但是心情的复杂让我无法安睡。人适应新环境是需要一个过程的,记得回来的前两天,我非常不习惯家里的吵闹声和做饭时的烟气熏天,可刚刚习惯了,却又要离开了。这会儿,高速路上的安静,让我儿度产生幻觉,似乎外甥女在家的吵闹声近在耳畔,好几次我睁开眼,才发觉眼前是窗外移动的风景。

老妈问我"睡好了没有",当然我的回答是"睡好了",说出的这三个字,就好比好久没回家,老妈在电话那头问你在外面过得怎么样,然后你口是心非地回答说挺好的。那时候,你觉得在电话里说不清,回家之后一定要在家人面前好好诉苦。当面对面交流的时候,你却发现太多的不忍和不该说,那些原本想说的话,有无数个理由去回避和隐忍。

想想前几天为什么要回家?家中有好吃的,有自己想吃的热干面;有自己想吃的小米粥;也有自己想吃的家中味道。等到回去的时候,你又发现,你的口味早已被你所在城市的口味给同化了,要么觉得菜不够甜,太咸了,要么觉得面太干了,吃完后拉肚子……总之,会有很多理由,并且非常有说服力地去拒绝家人给予的一切。

等到要离开的时候,又忽然觉得回家的这几天,都是在虚度光阴,竟然什么味道都没有尝到,又要开始一场匆匆忙忙的旅途。其实飞机在萧山机场落地的那一刻,老妈熬的那热气腾腾的红薯小米粥在我的念头中一闪而过,可因为当时忙着下飞机,这个念头很快又一闪而过了。

回到家时，已经是夜幕来临，整座城市华灯初上。原以为自己会食欲大增，不想忽然觉得眼下的这碟青菜，做得有点甜不够咸，筷子夹着青菜的那一刻，我自己都觉得好笑，仿佛早上的一幕在晚上再次上演，又是简单的几口，便草草了事。我想此刻司机和他的女朋友，应该正在享受着他母亲准备的晚宴吧。其实每次回家，吃的不是味道，而是体味心灵港湾的依靠。

深夜，又是我在微信上叫饿的时候，朋友圈里发的都是饿和失眠的内容。老妈的微信忽然来了："猴娃子，怎么还不睡？"

"你怎么还不睡？"

"湖州年后的天气太热了，睡不着！"我思绪万千地问，"你呢"

手机屏幕显示老妈的微信处于输入状态，不一会儿："猴儿子，你走了不习惯，我的老毛病！"

我记得回来的第一天晚上，老妈激动得睡不着觉，半夜被老妈发觉我饿得睡不着之后，锅里的煎饺便会出现在我面前，我问老妈什么时候煎的，她说经常看到我半夜在微信上喊饿，就提前给我预备的。由于老妈第一晚的失眠，导致她在第二天晚上酣然入睡，而我连续失眠了两个晚上，第三晚才适应和老妈在一头睡的习惯。当习惯了一个人在旁边的呼噜声之后，才发觉这是一种催眠曲，比起一个人在房间时的空调声，老妈的这种声音来得非常安稳。

我不知道用什么样的言语来表达我心中的想法，但这一次我非常诚实地回复了老妈："你不在，我也不太习惯！"

深夜太饿了，越是安静，诱惑性就越大，当他乡成为自己故乡的时候，在家时种种的不方便放在眼下，都是一场奢侈。此刻，尤为想念那碗小米粥，也想念那份送到嘴边的煎饺。我打开床灯，披上衣服，独自一人开着手机上的电筒，在厨房吃起了凉菜，深夜冷飕飕的风，不禁让人打起了寒战。原来吃的并不是美味，而是在得而复失之中，无限的回味。

有些味道是用来品尝的，而有些味道是用来回味的——想你的时候很美味。

熟悉的情怀

都说一场秋雨一场凉,果真如此。我从市里到县城的路上,天已经开始下起雨了,刚开始还不觉得冷,等到华灯初上的时刻,寒意渐渐袭来,才觉得脚下一片冰凉,原来鞋子已经湿了。

尽管是在下雨,也挡不住我把办公用的东西搬至新房。清理东西的时候,发现了一个红色的硬盘,想着八成是不重要的资料存放在里面,我才忘记到脑后。等新的办公台面清理好之后,打开电脑,才发现硬盘里面存有好多照片。

外面的雨越下越大,县城漫山都是竹林,有种"不知秋雨意,更遭欲如何"的感觉,似乎告诉你这场秋雨要发生什么事情。我的第六感强烈感应到,这硬盘里有重要的照片,随着鼠标的点击,文件被打开了,记忆也被打开了。

照片是 2014 年年底,应领导要求,我和默默一行的团队去湖南怀化地区助学的花絮。当时的天气已经有了些寒意,从广州到湖南的大巴车上,空气中的寒意已经随着高速的前进,逐渐变得强烈了。

有时候人的情操是用来熏陶的,我之所以这么认为,多少受到了默默的影响。默默的日常是负责义工团队的大小事宜,比我的文字工作要复杂很多。在某些方面我挺佩服她的,在众口难调的人群之中,她能做到游刃有余,想必其中也吃了不少哑巴亏。

当然类似她这样外出助学的活动也不止这一次,因为这次活动的特殊性,所以湖南之行我们就结伴了。

我大概忘了是哪一次，默默全家总动员，全都参与到义工外出活动中。她家里有只小狗无人照看，刚好我在编辑部和美编沟通杂志排版的问题，顺便搭上了关于小狗的话题。我表示自己非常喜欢小狗，以前养了只比熊狗叫洋洋，后来因为搬迁的不便就送人了，当时还挺舍不得。

在不经意的聊天之后，默默因工作外出时，家里的小狗便寄养在我这里了，默默告诉我它还没有名字。

小狗到了我的房间之后，很快便和我熟悉了起来。我一时不知道怎么称呼它，便用我的名字去叫它，可我又觉得这名字叫得很别扭，所以便拟定了"悟小澹"和"小悟澹"这两个名字，可惜它不理我。后来我无意间叫它"小澹澹"，没想到它有了反应，而且摇着尾巴和我相呼应，似乎它非常喜欢这个名字。因为我爱狗，所以我不介意自己的外号称呼在狗身上，我也不介意别人用讥讽的态度来取笑我的所作所为。

小澹澹真正的主人几天后回来了，我不得不把刚刚建立起感情的小家伙还给默默，其实我还想多领养几天，但是因为我住宿的地方规定不能长期养动物，所以多有不便。我告诉默默它的名字叫小澹澹，默默当时愣了一下，她说我不愧是喜欢小狗的人。

似乎我和默默真正的认识是从这里开始的，尽管在此之前她曾在编辑部的办公室给我过过生日，但之后也是各自埋头忙自己手头上的事情。

在去怀化的路上，默默告诉我，她特别担心我会拒绝此次的湖南之行，她觉得这次出行我是最合适的随团人选，可没想到我会答应得这么快。我非常直接地告诉默默,因为杂志的采稿和内容都需要去丰富,编辑部能一起去,一是可以走动走动,二是回来之后便有了新素材。默默说她也是这么想的。

由于半路下雪的缘故,行驶的速度明显减慢了很多,我们在距离怀化不远的一个高速服务区用的晚饭,说直白了就是剩饭和冷饭。我们编辑部的坡姐和摄影师周姐饿到饥不择食,看到她们狼吞虎咽的样子,我瞬间也有胃口了。

默默这个人不矫情,什么事情商量的余地都特别大,他们团队来湖南助学,也是在义工团体的因缘促成之下,才牵了这根线。有人说我的文字很有感情,但是我不擅长煽情,所以我为此次出行的稿子如何去写而感到头痛,因为我不想走老套路,千篇一律的新闻稿件没有任何意思。车行驶在路上的时候,我还在思索着如何去写新闻稿件,竟半点思绪都没有。跟默默商量回去汇报的环节,默默也是多方面考虑周全,并不拿腔拿调。

也是到了第二天我才知道,大巴车的车厢里,尽是柴米油盐之类的东西,塞得满满的,或许我对扶贫和助学的理解有些误区,眼前的一切让我觉得这不是来扶贫,倒是有种赈灾的感觉。

湖南的冬天林寒涧肃,大巴车毫不犹豫地驶入了深山之中,第一站是湖南怀化溆浦县陶金坪乡马鞍坪小学。学校就是简单的木构房,下面是猪圈和别的家畜圈养的地方,教室里都是家畜粪便的味道。偌大的空间,不分年级组,而是几个班混合在一间教室。最小的学生只有四岁,见到我们这乌泱泱的一群人,竟然被吓哭了。

我记得当时支教的女老师非常客气地邀请我们到隔壁(女老师办公和生活的地方)

烤火，当"烤火"一词萦绕在我耳旁的时候，感觉时光瞬间倒退了十几年。这个词，在今天的广州，打死都不会出现的，因为"烤火"一词都市化之后，变成了"取暖"。

这里并不是忆苦思甜，也不是为了歌颂我们多么伟大，现在这个社会，跟别人讲情怀这个东西，我觉得要脸皮厚，要不自己都骗不了自己。我曾在默默的微信朋友圈看到这么一句话："有情怀没钱，你只是慈善的一个过客！"这话说得相当在理，估计也是她受挫之后总结出来的。有时候现实就是如此，所以当时的我，不断让周姐拍照片，千万不要等到大家都摆拍的时候去抓场景，那样的话，刊登在杂志上的内容过不了我这一关。

默默说她也不喜欢拐弯抹角的东西，与其自己辛苦去解释，还不如让大家全程参与，亲自去感受来得更直接。我非常赞同她领导团队的向心力，没有什么比参与感来得更直接，包括情怀这个东西，大家在深山之中助学扶贫，只有真正参与进来之后，情怀才会因环境的熏陶而变得有意义。

默默平日很忙，而我在编辑部也是案牍劳形，有时候在办公室碰面打声招呼之后便各自忙去了，偶尔的交集，也只是在她让杂志美编帮忙设计活动用的易拉宝的时候。

偶尔我在朋友圈看到她发一些和"小澹澹"有关的照片动态，才渐渐拾起了对小澹澹的回忆，尽管我才和小澹澹生活几天而已，但也算是一场温暖的回忆。

后来我要离开编辑部，辞去杂志副主编的身份，说白了就是要离开这里了，默默感到特别的诧异。她对我说："以为只有义工像是铁打的团体流水的兵，没想到编辑部也是如此。"我说是的，在哪都是如此，你我皆是过客。

我觉得我认识默默，真有种"若有情怀淡如水，便无浊念似墨浓"的情怀在内，既然都是过客，也就不必如影随形，在各自的生活里安好就好。

"多少长安名利客，机关用尽不如君"，虽然这样称呼女性不大妥帖，但我觉得默默算得上这样的"君子"。尽管我们没有过多的交集，但是总会因为那么一两件不重要的事情记在心头，润在心间，彼此留着一份余念，在必要的时候出现。

Chapter Five

193

与默默一起助学的花絮。
默默曾说过,
"有情怀没钱,
你只是慈善的一个过客!"

在这教室下面,
便是圈养家畜的地方。
女教师正在敲着上课的铃铛。

Chapter Five

195

默默曾说过:
"你在做好事,
别人都会怀疑你的用心,
这是一件非常无奈的事情。"
我问默默为什么是无奈,
而非寒心?
默默说她已经习惯了!

我记得当时支教的女老师非常客气地邀请我们到隔壁（女老师办公和生活的地方）烤火，
当"烤火"一词萦绕在我耳旁的时候，
感觉时光瞬间倒退了十几年。
这个词，在今天的广州，
打死都不会出现的，
因为"烤火"一词都市化之后，
变成了"取暖"。

愿在来不及的岁月之中，
能给你带来时光的感动。

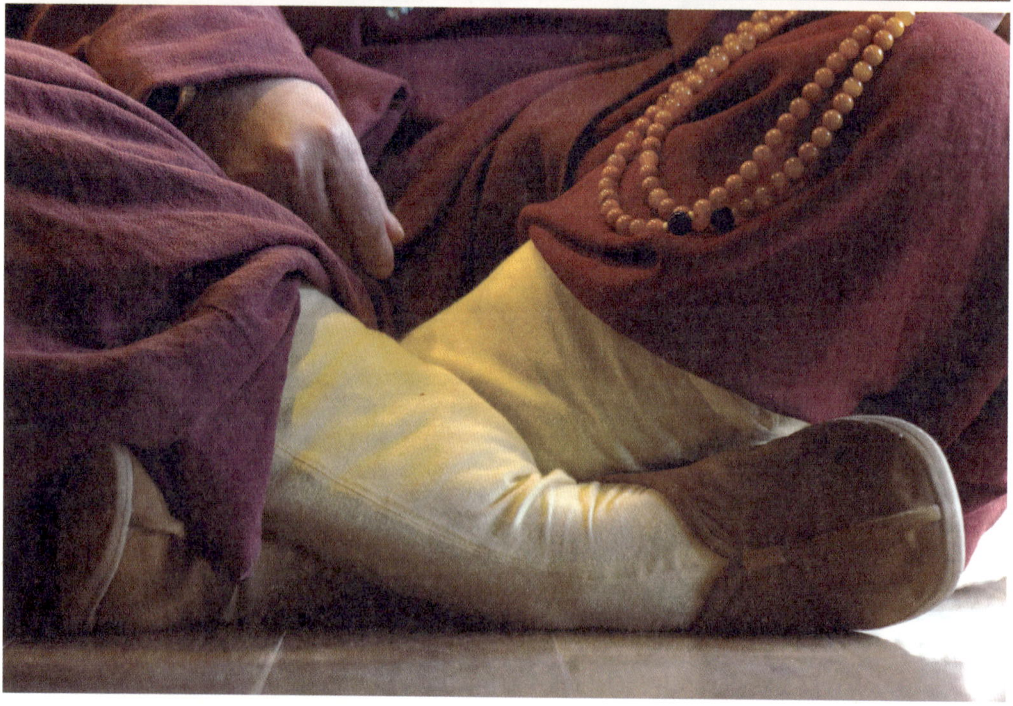

特别感谢本书的摄影师:
周丽辉 / 明齐 / 玖叁拾年 / 肖二 / 马红

特别感谢本书的插画师:
曹丽黎